KB184986

책방의 신

책방의 신

쏠딴 지음

1쇄 발행 2024년 10월 25일

지은이 : 쑬딴
펴낸이 : 김영경
펴낸 곳 : 쑬딴스북
표지 일러스트&삽화 : 쑬딴
표지 캘리그라피 : 이상현
출판등록 : 제2021-000088호(2021년 6월 22일)
주소 : 경기도 파주시 탄현면 헤이리마을길 82-91 B동 202호
이메일 : fuha22@naver.com
ISBN : 979-11-94047-02-5 03800

- 책방의 신(神)이 되고싶었대
책방의 매혹맛안 본 책방지기의
고군분투 이야기 -

Prologue

책방의 신(神)이 되고 싶었으나 매운맛을 여실히 느끼는 중이다.

회사에서 과자를 해외에 내다 팔던 한 가지 직업을 하다가 이렇게 살면 내 인생이 뭐가 될지 몰라서 16년 만에 회사를 그만두었다. 그리고 무엇을 할지 고민하다가 책방을 열었다. 책방으로만 먹고살기 힘들 것 같아 책을 썼다. 《대기업 때려치우고 동네 북카페 차렸습니다》를 출간하고 책이 좀 나가는 것 같았는데 인세가 넉넉지 않아 내 출판사를 차렸다.

내 출판사로 《개와 술》을 내고 책방에 재고가 수백 권이 쌓여 골머리를 썩였다. 이러면 안 될 것 같아 주말에 헤이리 예술마을 플리마켓에서 물건을 팔았다. 뽑기도 해보고 책도 팔아보고 심지어 김까지 팔았다. 나름 나쁘지 않은 성적이었지만 내 노후를 책임지기에는 힘들어 보였다.

그때 마침 마포 FM 지역 라디오방송국에서 방송을 진행할 기회가 찾아왔다. 서슴없이 한다고 하고 2023년 10월부터 매주 라디오방송을 진행하고 있다. '쑬딴과 함께하는 세상에 이런 Job이' 방송을 진행하면서 아직도 청취자가 몇 명인지 모른다. 그래도 한 번도 펑크를 내지 않았다. 남들 다 한다는 유튜브를 해야겠다는 생각이 들어 녹화 영상을 유튜브에 올려 나름 크리에이터다.

그렇게 '쏠딴TV' 유튜브를 운영 중이다. 구독자는 100명 조금 넘지만, 신경 쓰지 않는다. 언젠가 방송에 나온 게스트들 중 한 분이 뜨리라 믿어 의심치 않기 때문이다. 그리고 방송으로 누군가가 작은 도움이라도 받았다면 충분히 감사하다.

버젓한 직장이 없다고 정부에서 지원금을 준다기에 덥석 받아 굴착기와 지게차 면허를 땄다. 아직 현장에서 운전해본 적은 없어도 지갑에 항상 넣고 다닌다. 별다른 취미는 없지만, 술을 매우 좋아해서 조주기능사, 국제 바텐더 자격증을 취득했다. 소맥을 말 때, 조주기능사 자격증을 언급하면 모두가 감동의 물결이다. 다들 "역시 기능사가 말아주니 기가 막히네." 반응이다. 막걸리학교도 졸업했다. 빚어 마셔도 보았는데, 쌀값과 주방을 어지럽히는 비용, 마누라의 잔소리에 비해 편의점에서 사서 마시는 편이 훨씬 낫다고 판단해 술 빚기를 때려치웠다.

어찌하다 보니 남들 잘 다닌다는 직장을 때려치우고 돈 되는 것은 하나도 하지 않지만 절대로 꿀리지 않는다. 오히려 평일에 낮술을 마실 때, 술을 다 마셨는데도 해가 중천에 있다는 사실에 기쁨의 눈물을 흘리면서 2차를 시작한다. 죽음에 관심이 아주 많아 장례지도사 자격증까지 있지만, 아직 죽은 사람과 마주한 적이 없다.

책방 강아지 탄이가 출근하기 전까지만 일하고, 탄이가 출근하면 탄이와 마을을 산책하러 다니고, 저녁에는 주로 냉장고에 남은 음식을 섞어 정체를 알 수 없는 것을 만들어 그날 당기는 술과 함께 비우면서 살고 있다. 몇십 년 동안 술 끊고 담배 끊는다 하면서 아직도 피우고 마시는 나를 보면 이렇게 살다 죽을 것 같다. 그래도 웃으면서 죽지 않을까 생각하고 있다. 매운맛이든 짠맛이든 나는 책방으로 먹고살고 있다. 언젠간 책방의 신(神)이 되길 기대하면서 오늘도 책방에서 글을 쓰고 있다.

CONTENTS

prologue

epilogue

탄이 사랑은
'개아빠'가

'개아빠'가 무슨 직업이냐고 할지 모르겠다. 사전에는 직업이 '생계를 유지하기 위하여 자신의 적성과 능력에 따라 일정한 기간 계속하여 종사하는 일'이라고 나온다. 생계를 유지하기 위해 내 적성과 능력을 활용하는지는 모르겠지만, 일정한 기간 계속해서 종사하고 있다. 그런 의미에서 아빠도 직업이다. 그렇다면 아이를 키우느냐가 관건인데, 아이보다는 정확하게 강아지다.

큰 강아지. 강아지 아빠. 내 예명은 쏠딴이고 서 씨이지만, 우리 탄이는 방 씨다. '방탄'이다. 맞다. 그 방탄. 지독한 자본주의를 꿈꾸는 아빠는 탄이 성을 바꿔서라도 자본주의를 철저하게 신봉하고 있다.

그 덕분에 탄이가 아는지는 모르겠지만, 적어도 세 종류의 사료를 섞어서 먹고, 가끔 닭고기를 삶아 먹기도 하고. 심지어 아빠 엄마가 소고기를 구워 먹을 때도 옆에서 침을 흘려가면서 고기를 얻어먹기도 한다. 뿐인가? 32평 복층의 아파트에서 자고 싶은 자리에서 잠을 자고, 매일 4킬로미터 넘게 산책하며, 한겨울에도 자기 전에 밖에서 쉬와 응가를 한다. 매일 두 끼 식사를 놓치지 않는다.

이 정도이면 정승 부럽지 않은 삶이라 할 수 있겠는데, 정작 탄이에게 물어보지 못해 어떻게 생각하는지는 모르겠다.

소비만 하는 것은 아니다. 유명한 강아지 방송인 〈세상에 나쁜 개는 없다〉 '책방견 탄이' 편에 출연한 유명한 강아지 되시겠다. 헤이리예술마을에서도 잘생기기로 둘째 가라면 서러워할 정도다. 정말이다. 헤이리까지 와서 물어볼 사람이 없다는 가정하에 말씀드린다. 정말로 물어보는 사람은 없겠지?

경기도 성남시 반려동물 홍보 영상에도 출연한 바 있다. 4시간 촬영하고 27만 원의 출연료를 받았다. 당시 여러 사람도 출연했는데 사람보다 돈을 더 번다고 탄이 할머니가 아주 놀라워했던 기억이 있다.

스스로 돈 벌면서 방송도 타며 자기를 보러 오게 하는가 하면, 헤이리를 산책하면서 참새가 방앗간을 들르듯

가는 곳마다 간식 공양을 받으니 본인의 몫을 충분히 한다. 특히 성질이 사납지 않아 그 우수 어린 눈망울로 주변 사람을 넋 나가게 해서 자기를 좋아하게 하는 재주가 있다. 내 몰골로는 도무지 불가능한, 지나가는 젊은 여성들의 이목을 탄이와 함께 있음으로써 잠시나마 주목받게 하는 놀라운 능력도 갖추었다.

그럼 아빠는 뭐하느냐고?

아빠는 주로 이런 일을 한다. 아침에 탄이의 생사를 확인하고, 집 안 어디에서 자는지 알 수 없어서 찾아다니고, 머리를 쓰다듬어주고, 팡팡 내리치는 꼬리를 진정시켜준다.

아침밥과 함께 아침 쉬와 응가를 하고 카페로 출근하는데, 이것은 주로 엄마의 몫이기는 하다. 그 시간에 아빠는 아침 일찍 책방을 열고 탄이가 출근하기 전에 하루 일을 모두 끝낸다. 탄이가 오면 계획하던 모든 일의 절반도 하지 못할 가능성이 크기 때문이다.

출근한 탄이와 헤이리를 한 바퀴 돌고, 퇴근길은 주로 아빠가 함께한다. 그 정도면 보통 하루에 사람 걸음으로는 만 보 정도 나온다. 그 덕분에 내 생명이 연장되는 것으로 여기고 있다.

자기 전, 저녁 식사 후 동네를 한 바퀴 돌면서 그동안 골목에 누가 무엇을 쏟았는지 옆집 아저씨가 술이 과했는지 등등의 흔적을 살피고, 냄새로 친구들의 건강 상태를 체크하며, 본인 쉬도 하고 응가를 하면서 잠 잘 준비를 마친다.

이 정도까지만 보면 아빠와 탄이의 모습이 이상적으로 보이겠지만, 그렇지만은 않다. 집에서 발 닦기를 매우 싫어하고, 집에 들어가면 소파에서 시바 인형을 목 졸라 물어뜯고 심지어 인형의 내장인 솜을 마구 끄집어내곤 하는데, 그럴 때마다 아빠는 과감하게 탄이의 정수리를 가격함으로써 시바의 생명줄을 연장해준다. 얼핏 잘못 보면 학대로 신고할 법하지만, 시바의 몰골을 보면 오히려 탄이를 고소할 것이다.

그 정도의 작은 소란으로 마무리한 뒤, 아빠가 씩씩거리면 이내 한숨을 쉬고는 'ㄷ'자로 누워서 잠을 청하는데, 놀랍게도 너무나 빨리 잠들어 아빠를 당혹스럽게 한다. 아빠는 아직 화가 풀리지 않아 씩씩거리고 있는데, 자연스럽게 잠이 든 탄이는 쌕쌕거리면서 잠꼬대를 한다. 가끔 소파에서 잠자는 아빠 옆으로 몰래 와서 자기도 하는데, 그럴 때는 아빠와 탄이가 소파에 엉겨 누구 털을 누가 먹는지도 모를 정도다.

"아빠의 삶은 고단하지 않다."

어른들이 이런 말씀을 하신 적이 있는데, 자식의 목구멍으로 밥 넘어가는 소리가 가장 좋다고 한다. 강아지를 키워보니, 역시나 강아지가 사료 먹고 '꺼억' 하고 트림하는 소리 하며 힘차게 뿜어져 나오는 응가며, 시원하게 나무와 잔디에 갈겨대는 쉬를 보고 있자면 역시나 가장 행복한 소리가 아닌가 싶어진다.

강아지를 키워본 사람만이 강아지가 웃는다는 사실을

알 수 있는데, 역시나 간식과 밥이 올 때를 아는 탄이의 웃음을 보고 있으면 흐뭇해지면서 아빠 미소가 나올 수밖에 없다.

아빠라는 직업은 가족의 생계를 책임지고 가족에게 주어진 생명 시간을 잘 지낼 수 있도록 최선을 다하는 사람이다. 그 시간에 자주 행복하다면 더할 나위가 없다.

나는 개아빠다.

죽음은 생각보다 가까이 있다,

장례지도사

50세가 되다 보니 죽음을 자주 접한다. 2023년에 장인 어른도 모셔보았고 자주 부고를 접하다 보면 죽음에 대해서도 생각하게 된다. 특히 내게 죽음에 대한 울림이 컸던 기억이 있다.

원주에 소재한 박경리문학관에 간 적이 있었다. 초겨울 비가 부슬부슬 내리고 있었을 때로, 박경리 선생님에 대해서는 대략 알고 있어도 그분의 생애는 잘 몰랐던 터라 그분의 인생 이야기를 잠시 들으니 죽음에 대한 묘한 울림이 있었다.

다들 아는 이야기라 대략 정리하면 여자로서의 일생은 불행했으나 작가로서의 인생은 한국 문학사의 한 획을 그은 것만으로도 대단하다 할 수 있겠다. 특히 선생님은 생전에 이런 말씀을 하셨다고 한다.

"내가 지금보다 조금만 더 행복했더라면 나는 문학계에 들어오지 않았을 것이다."

오죽했으면 〈옛날의 그 집〉이라는 시에서 이렇게 말했을까.

달빛이 스며드는 차거운 밤에는

이 세상 끝의 끝으로 온 것 같이

무섭기도 했지만

책상 하나 원고지, 펜 하나가

나를 지탱해주었고

사마천을 생각하며 살았다

(후략)

장례지도사는 회사 다니면서 언제 잘릴지 몰라 세상 밖으로 내던져지면 자격증이라도 필요할 것 같아 배워둔 것으로, 사실 써먹은 적은 없다. 장례지도사는 국가 자격증도 아니지만, 당장이라도 어느 병원 장례식장에 가서 장례지도사 자격증을 건네면 꽤 쏠쏠한 아르바이트비는 받을 수 있지 않을까 싶다.

우리나라의 장례는 아직 허례허식이 많이 남아 있는데, 살아생전 부모님께 꼭 여쭤봐야 하는 것이 있다. 살아계신 분께 이런 질문을 어떻게 하느냐고 나무라겠지만, 절대 그렇지 않다. 죽음도 결국 또 다른 삶이고, 그 곁에는 누군가의 죽음으로 남아 있는 사람들의 삶이 있다. 그리고 장례는 그 어떤 행사보다 큰돈이 든다.

다음 몇 가지는 반드시 어른들에게 의견을 묻고 메모해두어야 한다.

"사후에 어디로 가고 싶으세요?"

매우 중요한 질문이다. 선산이 있어 그곳으로 가고 싶을 수도 있고, 선산이 있어도 가고 싶지 않을 수 있고, 심지어 죽어서도 남편 곁에 함께 있고 싶지 않다는 할머니를 나는 많이 보았다. 요즘은 많은 분이 잔디장, 수목장, 납골당으로 모시기는 하지만 서울과 경기도에는 이제 남는 자리가 없고, 납골당은 생각보다 비쌀 뿐만 아니라 갱신도 해야 한다.

보통 잔디장은 200만 원 정도, 수목장은 600만 원 정도 하는데, 그것도 사실 땅에 모시는 것일 뿐 별반 큰 차이는 없다. 요즘은 '유택동산'이라고 해서 화장터에서 바로 인사를 드리는 경우도 많다. 이것은 제사 부담을

덜고, 자연으로 홀연히 가시고 싶은 망자의 원을 들어드리는 것으로 이해할 수 있다.

생전에 가장 좋아하던 옷을 입고 가시는 것이 좋다.

수의는 장례식을 치를 때 허울 중의 허울이다. 돌아가신 분께 마지막 예를 표한다고는 하지만, 그 예는 살아생전 가장 좋아하고 입고 행복했던 옷을 단정하게 차리고 가시는 것이 좋다. 실제 미국과 유럽은 이렇게 한다.

장례비용은 천차만별이다.

식사와 반찬을 과하게 주문하는 경우가 태반이다. 돌아가신 분에 대한 예의이자 조문객에게 실례하지 않는다는 명목이지만, 남은 음식은 손님에게 민폐가 아니라 쓰레기의 문제이고, 그 쓰레기는 결국 다 돈이다. 흔히 TV에서 자랑하는 역대급 금액이 모인다는 상조회사는 굳이 필요하지 않은 서비스까지 들먹이며 장례비용을 400~500만 원까지 받아내는 경우가 많은데, 지내고 보면 다 필요 없는 것투성이다. 심지어 요즘은 경쟁력 있는 후불 상조회사가 많아 잘 따져보기를 권한다. 미리

상조회사에 가입할 필요는 없다는 뜻이다.

상조회사는 많은 사람에게 상조비로 돈을 받아, 그 돈을 활용해서 금융장사를 하는 곳이다. 남는 이자와 배당 혹은 주식 차익 등으로 크루즈를 태워준다든가 해외여행을 구실로 삼을 뿐이다. 굳이 필요 없다.

재산 상속은 미리 해두는 것이 좋다.

돈이 얼마든 세간은 있게 마련이고, 묻어둔 조선 시대 동전이 있을 수도 있다. 돌아가시기 전에 가족들과 둘러앉아 재산을 어떻게 분배할지 의논하고, 형제자매와 딸린 식구들이 최대한 서운하지 않도록 먼저 정리해야 한다. 물려줄 재산이 많을수록, 그것을 노리는 자식이 많을수록 돌아가신 다음에 집안은 아수라장이 되고 형제자매가 철천지원수가 되는 경우가 태반이다.

아니라면, 주변에 형제자매 가족들과 한 달에 한 번이라도 통화하는 집안이 있는지 물어보라. 만약 있다면 그 집안은 더없이 화목한 집안이니 가깝게 지내며 긍정의 기운을 받는 것이 좋겠다.

내가 아는 형님은 아버지 사후에 안방 장롱 아래에서 야구공 두 개를 발견했는데, 삼미 슈퍼스타즈와 OB 베어스의 원년 멤버 선수들의 사인볼이었다. KBO 전시관에 모시면 족히 공 하나당 몇천만 원은 받을 수 있다고 한다.

나는 장례 절차를 배우기는 했지만 정작 시체를 씻고 닦는 일에는 자신이 없고 관을 옮기는 정도는 도울 수 있다. 장례지도사는 장례 절차를 지도하라는 민간업체 자격증이기는 하지만, 죽음에 대해서는 모두가 진지한 전문가여야 한다고 믿는다. 그 죽음 뒤에 후회와 서글픔만 남기보다는, 살아 있을 때 최선을 다하고 웃으면서 보낼 수 있는 인생이 진정한 삶이 아닐까 싶다.

나는 행복한 장례지도사이고, 이 일로 먹고살 생각은 없지만 죽음 앞에서는 의연하고 홀가분해지고 싶다.

나는 '발이 스타'가 아니라

바리스타

"카페 하려면 바리스타 자격증이 있어야 하나요?"

명색이 북카페를 운영하면서 바리스타 자격증이 있다고 하면 대부분 첫 질문이 이렇다.

결론부터 말하자면 'no'다. 정작 카페에 필요한 기술은 손님 접대와 진심, 정직한 음료 만들기, 그리고 비싼 원가를 주고 사 오는 좋은 재료들이다. 바리스타는 내다 버려도 된다. 멋진 라떼아트에 관심이 많다면 그것은 추천하겠다.

한식당을 차리고 싶다고 해도 한식 조리사 자격증을 따지 않는 것과 마찬가지다. 가족에게 가장 맛있는 음식을 해주는 엄마들이 조리사 자격증을 가지고 있지도 않다. 그럴 필요가 없다. 바리스타는 커피에 관해서는 교육기관에서 조금 배워보았다는 표식일 뿐이다.

커피가 맛있으려면 원료가 좋으면 된다. 그것이 가장 기본이다. 싸구려 저가 원두를 사 와서 아무리 정성 들여도 커피는 맛있지 않다. 베트남 로부스타 원두는 아무리 치장해도 풍미가 부족하다. 로부스타이기 때문이다. 아라비카와 엄청난 단가 차이가 난다.

커피가 맛있으려면 커피 기계 역시 좋아야 한다. 기계는 수동식과 자동식이 있는데, 비싼 것이 좋다. 눈퉁이를 맞지 않고 정당한 가격 내에서 비싼 것이 좋다. 좋은 원두에 비싼 커피머신에서 맛없는 커피가 나온다면 카페는 꿈도 꾸지 마라. 무엇을 해도 똥손일 확률 100퍼센트다.

이래저래 잘 모르겠다면, 아주 맛있는 커피를 사다가 팔면 된다. 그것을 위해 밤새우면서 커피 공부를 하는 사람이 많다. 그들이 만든 커피를 마시는 것도 행복이다. 그에 따른 대가만 내면 된다.

더 솔직해지자면, 지금의 '아메리카노'를 마시게 된 것은 얼마 되지 않는다. 그전에는 그 쓴 물을 누가 마시겠느냐, 사약 같다고 했다. 그때는 믹스커피가 최고였고, 설탕 둘에 크림 둘이 최고의 커피였다. 커피 전문가들이 애써 아메리카노를 만들었다고 해도 '아아'와 아메리카노를 미치게 한 주인공은 별다방이다. 별다방 이후에 테이크아웃 잔을 들고 다니지 않으면 시골 영감 취급받았고, 5천 원짜리 밥을 먹어도 7천 원짜리 크림 범벅 음료를 사 먹는 것이 일상이다.

커피의 효능까지는 말할 것이 없지만, 이제 밥 먹고 커피 한 잔쯤은 버릇이 되었고, 사람들이 껌을 씹지 않기 시작한 것도 커피가 생활이 된 즈음이 아닐까 싶다. 아침에 일어나서 쓴 커피 향이 매우 좋다는 사람들이 많은데, 빈속의 커피 향은 매우 독할 뿐만 아니라 정신을 차리게 할지언정 건강에는 추천하고 싶지 않다.

"이렇게 맛있는 커피 이름이 뭐예요?"

과외를 하는 집의 어머님이 타주시는 커피를 마시면 밤에 잠도 오지 않고 공부도 열심히 할 수 있게 되었다는 대학생이 과외를 그만두는 날 그 집 어머님에게 조심스럽게 물었다. 그러자 어머님이 웃으면서 쑥스러운 듯 말했다.

"카○ 디카페인."

커피는 그냥 커피다. 커피에 철학을 비벼 넣고 싶은 사람도 많겠지만, 커피에는 원가와 로스팅, 그리고 예쁜 포장과 디자인, 쾌속한 유통과 소매점이 전부다. 그곳에서 살아남은 이들이 우리가 거리에서 보는 프랜차이즈이고, 동네에서 살아남은 작고 예쁜 카페들이다.

커피 한 잔에서 인생까지 논하고 싶은 생각은 없지만, 적어도 없는 것보다는 낫다. 자격증은 그 자격증이 보여주는 기술의 인정도 있지만, 그것을 얻기 위해 들인 시간과 돈을 인정한다는 의미도 있다.

헤이리에 멋있는 라떼아트 말고 공 모양의 우유 거품이 보고 싶다면 내게 오시라. 자기 자랑은 팔불출이라지만, 손님마다 "생각보다 맛있다."라고 한마디씩 한다. 나는 그것을 '공라떼'라고 부르는데, 사람들은 정작 그 라떼 문양에 신경을 쓰지는 않는 것 같다. 지불한 가격에 적당한 맛과 분위기라면, 그 정도 커피라면 충분하지 않을까.

사람들이 모여 커피 이야기를 나눌 때 집중도를 높이는 가장 빠른 방법은 "저는 바리스타 자격증이 있습니다." 한마디면 충분해진다.

나는 발이 예쁜 '발이 스타'가 아니라 '바리스타'다.

지게차 운전하는
동네 책방 아저씨

안전

생생하게이..

포크레인은 굴착기, 굴삭기라고도 한다. 흔히 엄청나게 큰 기계를 생각하지만, 3톤 미만의 작은 것도 있다. 필기시험을 보지 않는다. 정해진 수업을 듣고 실습을 하면 된다. 시험 없는 세상! 내가 진정 원하는 일이다. 정부에서 공부하라고 지원금도 보태준다. 돈 한 푼 들이지 않고 면허를 취득할 수 있다. 하겠는가, 하지 않겠는가?

이런 기회가 주어졌을 때, 사람들은 대부분 이렇게 말한다.

"내가 굴착기 운전할 일이 뭐가 있어요?"

"무슨 굴착기? 시간도 없는데……."

둘 다 틀렸다. 굴착기를 꼭 해야 굴착기 면허를 따는 것도 아니고, 기회가 왔을 때 잡는 버릇이 중요하다. 이런 기회를 버리는 사람은 다른 기회가 와도 백발백중 핑계를 대고 회피할 테고, 하지 않을 테고, 그것을 하지 않을 이유를 백 가지 들먹일 것이다.

나는 정부지원금이 30만 원이라는 소식을 듣고 바로 신청했고, 그 돈으로 굴착기 기능사나 피아노학원을 수

강할 수 있다는 것도 알았고, 둘 중에 주저 없이 굴착기 면허를 신청했다. 혹시라도 언제 사용할지 모를 일에 대비했고, 그런 기계 하나쯤은 몰 수 있는 자격증이 있다는 것이 멋있어 보였다. 물론 아무도 써주지 않을 수 있고, 이것으로 돈을 벌 기회는 영영 없을지도 모르지만.

중장비 학원을 찾아갔을 때, 놀랍게도 정부지원금에 들어맞는 수강을 권유하고, 하는 김에 지게차까지 같이 하면 할인해준다는 말도 들었다. 헤이리에서 중장비학원은 차로 30분 이상이었지만, 온 김에 따자 싶었고, 배우는 김에 두 가지 다 욕심냈다. 그래서 나는 굴착기 면허증과 지게차 면허증을 보유하고 있다.

죽기 전에 다시 지게차를 타볼 수 있을지는 모르겠다. 하지만 중요한 것은 지게차나 굴착기를 타고 사용하는 것이 아니라 그것을 활용할 자격증이 있다는 것, 그리고 그것을 위해 시간과 노력을 들였다는 것이다.

그 과정 중에 재미있는 에피소드가 있었다.

지게차를 열심히 연습하던 중, 문자가 왔다. 한겨레신 문사? 그 한겨레? 나한테?

"한겨레에 동네 책방을 소개하는 코너가 있는데, 책방 소개 글을 보내주시면 신문에 올려드리겠습니다."

그렇다. 나는 주요 일간지에서 글을 써달라고 요청받는 사람이었다. 그것도 지게차를 연습하는 도중이라 더 뜻깊었다. 그날 바로 글을 써 주었는데, 제목이 〈방금 지게차 배우고 온 주인이 책 팔고 있습니다〉였다.

볕은 좋고, 오늘은 지게차 실기 배우는 날이다. 나이 50 되어 지게차를 배울 줄이야. 팔레트에 타이어를 올리고, 이쪽저쪽으로 옮겨보고. 생각보다 쉽네. 그리고 잠시 쉬며 담배를 꺼내는 때 울리는 핸드폰. 한겨레? 신문사? '쏠딴스북카페'를 소개해달란다. 뭔 일이야, 우리 책방을? 딱히 소개할 것도 없고 마침 지게차를 배우는 책방 주인한테 책방 소개라니.

"여기 책방인가요?" 지나가다 가끔 손님들이 물어보긴 한다. 그렇다고 하면 놀라고, 더러는 반가워하고, 놀란

듯 황급히 나가는 이들도 있다. 그래도 책방을 하면서 좋은 건 손님이 알아서 정리된다는 것이다. 좋게 말하면 '진상'은 아예 오지 않는다. 물론 개념 떨어진 손님이 가끔 오긴 한다. 마시던 음료를 새 책 위에 아무런 생각 없이 올려둔다든지, 새 책인데 본인 책인 양 뒤적거린다든지. 그렇다고 그러지 말라는 말을 차마 꺼내지 못한다.

우리 책방에는 큰 강아지가 한 마리 있다. 헤이리를 산책하면 거의 다 알아본다. "어머, 탄이 아니야!" 자기 이름을 부르는 줄 알고 냉큼 달려가서 배를 깔며 만져달란다. 그러면 사람들은 귀엽다고 난리다. 탄이 너도 참 대단하다. 책방 안에서는 밖에 누군가 지나가면 엄청 짖는다. 들어오라는 소리인지 내가 편히 쉬는 중이니 모른 채 지나가라는 건지? 탄이만 알겠지. 그래도 이제 4살이 지나 텐션 좋고 체력도 좋은 청년 강아지야. 아프지만 말아라. 사람이나 강아지나 아프면 서로 힘들어.

며칠 전에 BTS의 지민이 북카페 앞 스튜디오에 다녀간 모양이다. 세상에나. 책방에서 세계 평화를 이뤘다. 테이블 4개에 의자가 10개도 되지 않는 책방 안에 40여 명이 모여 앉았다. 미국, 중국, 홍콩, 대만, 멕시코, 우루과이, 일본, 세계 각국에서 지민을 본다고 와서, 길 건너 우리 책방에 앉아 있었다. 이들에게 주문받고 챙기느라 종일 밥 한 숟갈 들지 못했고, 아내는 급기야 눈 실핏줄이 터져 지금도 고생이다. 여보, 무섭게 노려보지 마세요. 그래도 책방 역사상 역대급 매출을 끊었으니까요. 책방을 하면서 이런 날이 더 올까? 꿈꾸지 말자, 손님 1명만 와도 고마운 일 아닌가.

'날도 좋은데 책방 뒤에서 고기나 한번 구워 먹자. 목련 지기 전에.' 증권회사에 다니는 친구에게서 문자가 왔다. 그래. 돈 버느라 고생 많으니 고기는 네가 사와. 책방 뒤편이야 새와 동네 고양이들 놀이터이니 언제라도 환영이다. 어떤 고기인들 문제인가. 막걸리에 목련 잎 담가 고기 구워서 한잔하자. 친구야, 요즘 많이 힘들지. 그래도 연봉 1억 넘은 네가 힘들면 책방 주인은 다 죽어야 한단다.

누가 누구를 위로하는지 모르겠다. 그래도 봄볕은 따뜻하고, 탄이는 꾸벅꾸벅 졸고, 나도 헤밍웨이를 읽다가 곁에 둔 채 같이 꾸벅꾸벅 존다. 아내는 지민이 또 올지 모른다고 혼자 열심히 무언가를 주문하고 있다. 또 오지 않을 것 같으니 무리하지 말라고 말하고 싶은데 내버려 둔다. 실핏줄 터진 눈이 나를 노려보고 있으니. 그래. 책방이지. 맞아. 나 책방 주인이었어. 오늘도 책 팔아야지. 그러다 또 안 팔리면 뭐 어때, 김치 쪼가리에 막걸리나 한잔해야지.

문 열리는 소리. 손님이다! "저기 죄송한데, 여기 원래 있던 식당은 어디로 갔어요?" 그럼 그렇지. "헤이리 안쪽으로 이전했어요." 다정한 커플이 나가면서 한마디 나눈다. "여기 책방인가 봐." 멀어지는 손님을 보며 속으로 되뇐다. '맞아요. 여기 책방입니다. 주인장이 방금 지게차 배우고 와서 책을 파는 곳입니다.'

책방의 신(神)이 되고
싶었으나

본업 되시겠다. 요즘 말로 본캐다. 물론 김 여사님과 탄이가 주로 지킨다. 자주 자리를 비우는데, 바깥에서 해야 할 일이 많다고 핑계를 대며 마누라와 같이 있는 시간을 줄인다. 그래야 생명 연장에 도움이 된다. 나이 들어 부부가 함께하는 모습들이 아주 행복해 보인다는 말이 많은데, 남편의 의지라기보다는 아내의 강요일 경우가 많다.

적절한 이격은 건강에 좋다. 가끔 봐야 좋다. 직장 다닐 때 김 여사께서 내가 출장 갈 때 혼자 웃으면서 내 캐리어에 옷을 챙기는 모습을 보고 난 이후부터는 굳게 믿게 되었다.

은퇴 이후에 카페를 꿈꾸는 사람이 많은데, 무작정 덤비면 곤란하다. 카페도 자영업이고 비즈니스다. 사업은 취미로 하는 것이 아니다. 명심해야 한다. 북카페라면 더더욱 진심으로 해야 한다. 마음가짐이 중요하다.

더구나 책방 하면 상상도 하지 못한 화장실 사용 빌런을 상대해야 한다. 예를 들면 다짜고짜 들어와서 화장실이 어디냐고 묻고는 화장실을 사용하고 재빨리 나가는 경우다. 하루 2만 원도 안 되는 매출에 좌절해야 할 때가 부지기수이고, 책방에 온 아이가 책 위에 음료를 엎지르기도 하고, 에어컨에서 물이 떨어져 책이 흥건해지는 경우도 부지기수로 만날 수 있다.

그뿐인가. 문신을 곱게 하고 오신 손님이 무서워 영업시간이 종료되었다고 말 못 하는 경우도 있으며, 탄이 짖는 소리에 기겁하며 소리를 지르는 할머니들을 가끔 상대해야 한다.(우리 책방에는 입구에 큰 사진에 탄이가 있으며, 이 책방에는 매우 큰 강아지가 있다고 적혀 있다.) 딸아이가 앉아 탄이를 쓰다듬고 있는데, 털이 날린다고 하는 엄마를 본 적도 있다 우리 탄이는 매우 털이 많이 빠지는 견종이다.

이런 쓴맛 매운맛을 다 보면서 책방을 운영한다.

나는 북카페로 자리 잡는 데 거의 3년 가까이 걸렸다. 다행히 우리나라는 꾸준히 하면 자리는 잡을 수 있게 해 준다. 나라가 해주는 것은 아니고, 손님들이 그렇게 인정해준다. 특히 책방, 카페라면 3년은 버텨야 가능하다. 옮기는 것은 상관없다. 장소는 산속이든 바닷속이든 상관없다. 유지한다는 것이 중요하다.

다니면서 항상 하는 말이지만, 북카페는 돈이 안 된다. 책을 구매해서 팔아야 하고 그 재고 부담을 안아야 하는 게 쉽지 않고 인건비를 건지기도 힘들다. 물론 돈만 보면 그렇다는 뜻으로, 책을 좋아하면 할 만하다. 내가 좋아하는 책 원 없이 싸게 사서 볼 수 있다. 손님도 적절하게 나뉜다. 책 싫어하는 사람들이 많다는데, 사실 싫어한다기보다 관심이 없는 것이 맞겠다. 책만큼 저가에 세상 구경하게 해주는 것도 없지만, 사람들은 큰돈을 들여 여행하길 좋아한다.

출판사를 겸하고 있어서 직접 제조해 소매점까지 내가 다 하는 방식이다. 막말로 내가 출판한 책만 쌓아두어도 책방은 유지된다는 뜻이다.

나는 책방으로 월 천만 원의 매출을 달성하는 것이 목

표다. 2023년 하반기부터 그 목표가 조금씩 달성되고 있다. 물론 책방만 가지고는 어림없다. 책방은 그저 오프라인 매장으로, 책방에서 다양한 이벤트를 벌이고, 나가서 책도 팔고 심지어 도서관 납품까지 한다.

아주 멋진 우연이지만, 책방 건너편 CJ ENM 스튜디오에서 가끔 아이돌이 녹화방송을 한다. 그러면 그날 하루 매출이 백만 원을 넘길 때가 있다. 아이돌의 나이는 나보다 한참 어려도 형님으로 모시는 이유다.

한번은 BTS 멤버 중 한 명인 뷔가 오기도 하고, 세븐틴이 와서 2,000명의 팬을 헤이리 스튜디오 앞에 집합시키기도 했다. 그들은 목이 말랐고, 세븐틴을 가까이에서 보고 싶었고, 화장실을 사용해야 했다. 앉아 있기도 해야겠고. 내가 운영하는 곳은 그런 조건에 가장 부합하는 책방이다. 세븐틴이 퇴근하는 길목이 정면으로 보이는 최적의 조건을 갖추고 있으며, 주인장이 어설픈 일본어와 중국어를 남발하며 인사하는 곳이다. 더구나 날이 춥거나 더울 때, 몸을 녹이거나 시원하게 앉아 있을 수 있는 곳으로, 물론 그럴 때는 책방이 아니라 팬들의 쉼터가 된다. 놀랍게도 한 명도 책을 사지 않는 것을 보면 그렇다. 아! 동남아에서 온 팬 한 분이 한글 공부 중이라며 《애린왕자》를 구입한 적은 있다.

북카페는 가끔 북(北)카페가 되기도 한다. 위치가 북한에 가깝고, 심지어 임진강 물이 빠졌을 때는 걸어서 북한으로 갈 수도 있다. 물론 철조망과 우리 자랑스러운 군인들이 지키고 있어서 방향을 잘못 잡으면 따끔하게 총에 맞을 수도 있겠다. 굳이 그런 모험까지는 하지 않겠지만, 민통선이 주변에 있어 가끔 일상이 무료할 때 한 번씩 방문을 추천해 드린다. 삶은 매우 위험하고 불안하지만, 전쟁의 위험을 생각하면 그런 일상의 문제 따위는 한 번에 날려버릴 수 있다.

일반인은 민통선 안으로 들어가지 못하지만, 한 가지 방법이 있다. 부근에 계신 분들은 다 아는 비밀로, 특별히 독자들을 위해 공개한다. 민통선 안에 식당을 예약하면 들어갈 수 있다. 미리 식당을 예약하고, 그 예약 내용을 민통선 경계를 서는 군인에게 보여주면 입장이 가능하다. 반드시 신분증을 가져와야 한다. 신분증을 맡기고 들어갔다가 나올 때 찾는 방식이다.

혹시 깜빡하고 신분증을 가져오지 못했다면 들어가지 못하고 들여보내 주지도 않는다. "느그 내가 누군지 아나? 내가 어! 느그 부대장하고 어! 사우나도 가고" 이래도 안 된다. 우리나라 국방이 그렇게 허술하지 않다.

또 한 가지. 민통선 내부는 내비게이션이 안 된다. 길을 모르면 찾아가야 한다. 군사지역이라 그렇다. 파주는 생각보다 땅이 넓은데, 보통 서울과 안양을 합친 정도라고들 한다. 그중 상당한 부분이 군사지역이다. 지뢰가 널려 있고, 사람의 족적이 많지 않으니 새들이 좋아할 만한 곳이겠다.

적어도 그 정도로 보호가 되는 곳이니 공기는 매우 좋다. 심지어 민통선 안에는 허준 선생님의 묘도 있다. 우리가 아는 진짜 허준 선생님을 모신 곳이다. 대부분 강서구에 위치한 허준박물관이 허준 선생님의 묘라고 생각하는데 그렇지 않다. 파주에 있다. 찾아가면 만나 뵐 수 있다. 반가이 맞아주진 않으시겠지만, 기회가 되면 들러보기를 권한다.

북카페인데 무슨 헛소리를 하느냐고 할 만한데, 북카페가 북(北)카페여서 그렇다. 이 마을에는 그런 게 있다는 말이다.

그나저나 북카페를 하고 싶다면 꼭 하고 싶은 말이 있다. 본인 건물에서 하시라. 자기 건물에서 하면 장사 잘된다. 그렇게 운영하는 분이 많고, 그래야 살아남을 수 있고 오래간다. 오래가면 단골이 생기고, 단골이 많아지면 할 만하다. 본인 건물이 없으면 폐교도 알아보고, 버려진 집을 수선해서 시작하면 비용도 줄일 수 있다.

본인 집이 조용한 동네에 단독이라면 더욱 좋다. 단독건물의 창고를 청소하고 거기서부터 시작하면 된다. 미국의 유명한 사업가들은 다 자기 집 차고에서 시작했다고 하지 않는가. 그렇다. 있는 것을 잘 활용하면 되며, 그곳이 작든 크든 상관없다. 청소부터 하고 사업자 내고

페인트칠하고, 책 들이면 끝난다.

시간 여유가 더 있다면 출판사도 겸하면 좋다. 내가 책 내어 내가 파는 것은 아주 좋은 시스템이다. 출판은 어렵지 않다. 나올 출(出) 책 판(版), 책이 나오는 일이다. 책은 면세이기도 하고, 출판사 등록은 심지어 신고제다. 가서 신고만 하면 된다는 뜻이다. 등록비 2만7천 원만 내면 된다.

출판과 책방은 매우 가까운 사이로, 함께 하면 이롭다. 이로운 일은 널리 알려야 해서 가는 곳마다 소리 높여 외치지만 다들 미루기 일쑤다. 저마다 남 모를 사정이 있겠지만, 내 경험상 너무 좋아서 하는 말을 잘 믿지 않는 눈치다.

북카페를 하다 보면 예상하지 못한 손님이 가끔 오는데, 주로 내 책을 보고 일부러 찾아오시는 경우다. 주로 책방 혹은 카페를 하고 싶은 분들인데, 매우 즐겁게 이야기를 나눈다. 그분들의 꿈이 이루어질 수 있도록 작은 도움이 되어 다행스럽다.

책방의 신(神)이 되고 싶었으나 매운맛만 잔뜩 느낀 책방지기는 오늘도 먹고살 수 있다고 자부하며 지낸다.

"북카페를 하고 싶으시다고요? 찾아오세요. 저랑 이야기 나누다 보면 어느새 사업자 등록증을 내고 계실 겁니다."

집을 짓는 사람,
작가(作家)

작가는 지을 작(作) 집 가(家)로, 집을 짓는 사람이다. 단순히 글을 써서 먹고사는 것이 아니라 우리가 기거하며 삶을 영위하는 곳을 만드는 사람이라는 뜻이다. 작가가 무슨 자격 조건이 있겠는가마는 그래도 한두 권쯤은 세상에 내놓아야 작가라 할 만하다.

회사에 다닐 때 나는 'ㅇㅇ제과 글로벌영업 과장 혹은 매니저'로 살았다. 누군가에게는 보여주고 싶은 울타리이고, 누군가에게는 그럴듯한 허울이다. 내게는 너무나 큰 옷이었다. 벗을 수도 입을 수도 없는 그런 옷이었다. 그때 내 이름은 세상에 존재하지 않았다. 내 친구들, 동기들, 지인들이 아는, 과자 회사에 다니는 '누구'였을 뿐이다. 그러나 지금은 다르다. 예명이기는 하지만 인터넷에 엄연히 이름이 검색되고, 그 이름에 따른 책이 줄줄이 나온다. 지금 쓰고 있는 이 책까지 세상에 나오면 다섯 권째다. 판매도 괜찮다. 누적으로 따지면 만 부 가까이 팔렸을 것이다.

나는 매년 책을 써 내놓겠다고 나 자신에게 약속했고, 앞으로도 지킬 마음이며, 지금도 지키는 중이다.

그러면 대부분 궁금해한다.

"어떻게 그렇게 책을 내세요?"

"책을 써서 돈은 벌리나요?"

좋은 질문이다.

이 책은 내 책이니까, 모두 다 오픈한다.

2020년 1월에 출간한 첫 번째 책 《대기업 때려치우고 동네 북카페 차렸습니다》는 내 출판사에서 내지는 않았지만, 인세 8%로 분기마다 약 3만 원 정도 입금된다. 출판사로부터 정산 메일이 오면 바로 치킨을 주문하는 버릇이 생겼다. 맥주와 같이 먹으면 인세보다 더 쓰는 것이 함정이다.

두 번째 책 《개와 술》은 내가 출판사를 내고 출간한 첫 책으로, 4천 권 제작해 3천 권 정도 세상에 내보내고 나머지는 책방에 재고로 쌓여 있다. 쌓아 놓을 바에야 마구 나누어주고 싶지만, 사람들이 찾지 않아 그러지도 못한다. 다만, 내용은 매우 흥미로울 것으로 판단해 영어로 번역 중이다. 해외 시장에 내다 팔려는 생각인데, 번역비를 빼면 뭐가 남을지 걱정이긴 하다.

세 번째 책 《오늘 같은 날 헤이리》는 2천 권 펴내고 그나마 거의 다 소진했다. 다 판 것이 아니라 주변 사람들에게 많이 나누어주었다. 헤이리를 알리고 싶은 생각도 있었고, 헤이리에서 생활을 영위하는 분들의 이야기를 담은 내용이라 그렇다. 누군가에게는 생애 첫 글이고, 누군가는 이 책을 읽고 헤이리를 방문했을 수도 있다. 헤이리 1번 출구 매표소와 헤이리 관광 사무실에 가면 공짜로 얻을 수 있다. 얻어 와서 사인을 받으러 오시면 매우 반가이 맞아드리겠다.

네 번째 책 《돈 걱정 없이 책방으로 먹고사는 법》. 과감하게 천 부 찍고 2024년 2월에 6개월 만에 2쇄를 찍었다. 내 출판사로 출간한 책들 중 가장 빠르게 재고를 소진한 책이고, 가장 적은 비용으로 가장 많은 돈을 벌게 해준 책이다.

여기서 잠깐, 책으로 어떻게 돈을 버는지 잠시 짚고 넘어가자.

《돈 걱정 없이 책방으로 먹고사는 법》

비용: 편집디자인 400만 원, 인쇄 및 제본 400만 원, 기타 포함 약 900만 원.

정가: 15,000원.

대형서점 공급가(북센 포함) 대략 60%: 9,000원.(알라딘과 교보문고는 65%, 출판사마다 위탁, 매입 비율이 다를 수 있음.)

초판 1쇄 1,000부를 제작해 모두 소진했다고 가정할 경우 9,000(원)×1,000(부)=900만 원.

그렇다. 비용을 제외하면 0원이다. 이래서 책이 어렵지만 2쇄에 들어갔다고 하면 다르다. 이제 인쇄비용만 들어가기 때문이다. 2쇄부터 1,000부 기준 약 500만 원 정도씩 남긴다고 보면 대충 맞다. 작년에 국내 베스트셀러 1위를 한 책이 약 50만 권이 나갔다고 해보자. 계산해보시라. 얼마를 벌었을지.

이 비용은 오직 내가 쓰고 내가 출판했을 경우다. 본인 출간 책이 보통 12권이면 죽을 때까지 먹고살 걱정은 하지 않는다는 말이 있다. 일견 이해가 되는 말이다. 인세만 받아도 분기마다 한 권에 3만 원, 10권이면 30만 원이다. 규모의 경제다. 그래서 모두 판을 키우려고 하는 것이다.

또 하나. 우리나라는 그래도 책을 사랑하는 이들이 많아 가끔 책으로 수상하면 상금도 주는데, 내가 사는 동네의 그림책 작가님은 그런 상을 받아 한 번에 1,000만 원을 받기도 했다. 그런 행운은 아무에게나 오지는 않겠지만, 하다 보면 행운이 당신에게 올 수도 있다.

내 예명인 '쑬딴'은 아랍어다. Sultan이라고 쓰고, 실제로 직장생활을 할 때 내가 사용하는 영어 이름이기도 했다. Sultan, SEO. '왕'이라는 뜻인데, 실제로 중동 친구들이 자주 쓰는 이름이다. 특히 튀르키예에 가면 술탄이 많은데, 투르크왕조 시절 지방 통치자를 모두 술탄이라고 불러서 그렇다.

내 삶을 내가 책임지는 왕. 나는 그런 의미로 내 이름을 쓴다. 아주 사랑하는 이름이다. 다만, 술탄의 이름이 너무 많아 쑬딴으로 고쳐 쓰지만 의외로 제대로 쓰는 사람이 없고, 매우 어렵다고 불평하는 분도 많다. 제대로 발음하기 어렵고, 전화로 이야기할 때는 난처한 상황에 이르기도 한다. 그런들 어떤가. 술탄이든 쑬딴이든.

내 이름은 이제 어엿한 작가의 이름이고, 그 이름으로 나는 먹고살고 있고, 내가 세상에 내보낸 콘텐츠는 영원히 존재하고 있어서 괜찮다. 진짜냐고? 검색해보면 된다. 다만, 정확하게 '쑬딴' 이라고 쳐야 한다.

책방을 하게 된 건
우연이 아니었다

책방 한다고 하면 가끔 듣는 질문이 있는데, 바로 "원래 책을 좋아하셨어요?"다. 내가 책을 좋아했나 생각해 보면 딱히 그 정도는 아닌 것 같다. 그러나 세상일에는 우연이 없다는 걸 여실히 느낀다. 결국 나는 책방을 하게 될 운명이었다는 걸 알았다.

대학 시절, 나는 학비를 벌기 위해 학교 도서관에서 책 정리 아르바이트를 했다. 그 당시 대학 도서관은 책 정리가 유일한 일거리였지만 그마저도 종일 하는 것도 아니고, 책이 좀 쌓이면 번호 순서대로 제자리로 가져다 두는 일이었는데, 20 평생 그때만큼 많은 책을 본 적이 없다. 당시 공지영 작가의 책이 꽤 유행했는데, 아마 그 당시 그 작가의 책을 모두 다 읽었다. 그뿐인가. 정리하다가 신기한 책이거나 흥미를 일으키는 책이면 그 자리에서 다 읽어내려 가곤 했는데, 그 책이 지금 머릿속에 남아 있는지는 모르겠지만, 그 책 읽는 행동 하나하나가 아마 새겨지지 않았을까.

또한 그 당시 언어를 전공하는 낭만 쩌는 남자아이는

매일 시(詩)를 끄적이길 좋아했는데, 건방지게도 학보사 연말 시, 수필 등 원고 모집에 시를 출품해서 당당하게 금상을 받은 적도 있다. 당시 유명한 작가님이 심사하셨는데, 이렇게 적었던 것 같다.

"이 작품은 요즘 시대와 달리 보기 드문 감성을 소유한 작품으로.……."

심사평이 기가 막힌 건 물론이고 글로 상을 받는다는 것 자체에 매우 감동받았다. 더구나 당시 돈으로 40만 원인가 상금으로 받고, 아는 동생들을 모두 불러 강남까지 가서 술을 진탕 퍼마신 기억이 있다.

여기서 반전이 하나 있는데, 그날 동생들과 술을 마시고 취해서 나는 술값을 계산하지 않고 도망가버렸고, 동생들은 주머니를 탈탈 털어 술값을 계산하고 강남에서 동대문구까지 걸어왔다고 한다. 이 이야기는 20년이 지난 지금도 가끔 만나면 이야기꽃을 피우는 단골 소재가 되고 있다. 얻어맞지 않은 게 다행일 수도 있겠다.

군대에 있을 때 이런 일도 있다. 나이 들어 입대한 나는 바로 행정병으로 근무했는데, 행정병이라는 게 사실 딱히 하는 일은 많지 않지만 늦도록 행정반에서 시간 보낼 일이 많고 무료한 군 생활을 보내기 위해 이런저런 글을 많이 썼는데, 그중 하나가 〈오늘 2주년입니다〉라는 글이다.

전역한 수많은 남자들은 무슨 이야기인 줄 알겠지만 그분들이 이 글을 읽을 리가 없으니, 혹시 이해가 가지 않는 분들을 위해 첨언한다. 당시 병사의 군 생활은 26개월로, 24개월째 되는 날을 기념하기 위해 파티를 한다. 파티라고 하니 거창하게 들리지만, 반합에 소주를 부어 마신다든지 군화 안에 술을 부어 원샷을 하는 그 정도 일이다. 다만, 오랜 군 생활을 견디고 참아온 선임에게 축하의 한마디를 전해주는 자리이니 2주년을 맞은 본인들에게도 의미가 있겠다.

당시 내가 적은 글은 그 2주년을 기념하고 축하해주는 글로, 나중에 들은 이야기이지만, 중대의 누군가가 2주년이 될 때마다 행정반에서 그 글을 방송으로 읽어주면

서 서로를 축하해주었다고 하니 전설 같은 이야기라 하
겠다.

두바이 주재원 시절 때는 두바이 한인 교민들이 한글
책을 볼 기회가 많지 않을 것 같아, 집에 있는 책을 대여
하는 사업을 하기도 했다. 지금 생각해보면 어떻게 그런
생각을 했는지 기억이 나지 않는다. 책에 도장을 찍고
(당시 '얄라책방'이라고 이름지었다. '얄라'는 아랍어
로 '빨리빨리'라는 뜻이다), 두바이의 북쪽과 남쪽에 위
치한 식당과 한인 마켓에 거점을 만들고, 책을 주문하면
그곳에 책을 가져다 두는 식이다. 책을 수거할 때 책 안
에 돈을 넣어 두는 방식이었는데 주문이 꽤 많았다.
당시 UAE 돈으로 5디르함(약 1,500원)을 받았다가 지
인들이 기름값도 나오지 않겠다고 했지만 나쁘지 않았
다. 주로 김 여사가 책 정리 및 관리를 하고 일정을 관
리했는데, 대여료를 나한테 준 기억이 없는 것으로 봐서
김 여사가 짭짤하게 챙겼으리라 보이지만 본인은 절대
아니라고 한다.

그뿐인가. 회사 재직 중일 때 출장이 잦았는데, 담당 지역이 대부분 중동, 서남아, 아프리카 지역이라 비좁은 좌석에서 열 몇 시간씩 비행기에서 꼼짝없이 갇혀 있어야 했는데, 그 시간에 나를 해방시켜준 것은 책이었다. 그 당시에 다양한 책을 많이 봤는데, 공항 서점에서 책을 사서 가는 길에 한 권, 오는 길에 한 권 정도 읽었던 것 같다. 아직도 잊히지 않는 에피소드가 하나 있다. 책에다 낙서하기를 좋아해서 비행기에서 읽은 책에 메모를 잔뜩 해두었는데, 그중 하나가 이렇다.

"남자라면 지금 자신의 나이에 맞는 평수의 아파트가 있어야 하지 않을까?"

이 메모를 왜 적었는지는 모르겠다. 책도 전혀 다른 내용이었고 그 글을 쓸 때가 32살이었는데, 그 당시는 부동산이란 개념도 별로 없던 시대였다. 놀랍게도 34살이 되었을 때, 우연찮은 기회로 경기도 끝자락의 아파트 계약을 했는데 34평이었다. 그리고 책 정리를 하던 중

그 책에 적힌 메모를 보고 소름이 돋을 정도로 놀랐다.
나이 34살에 34평 아파트를 계약한 것이다. 물론 아무
것도 모르고 계약한 거라 매우 몰지각하게 팔아서 마이
너스가 심하긴 했다.

   그때 나는 기억은 뇌로만 하는 것이 아니고 손으로도
하는 것이라는 걸 처음으로 깨달았다. 계약은 손으로 써
서 하는 것이니 더욱 그렇다.

   그리고 결국 퇴사하고, 책방을 차리면서 가장 먼저 한
게 첫 책을 출간한 것이었다. 그 책이 《대기업 때려치우
고 동네 북카페 차렸습니다》다. 이 책은 2020년 출간인
데 아직도 팔린다. 인세가 분기마다 들어오기 때문이다.
당시 나는 첫 책이 어떤 의미를 가지게 될지 상상할 수
도 없었지만, 그 책을 출간하는 계기로 매년 책을 출간
하기로 했고, 그 책을 내 출판사로 내기로 했고, 그 책들
을 내 책방에서 팔고 있으니 책과의 인연이 상당하지 않
았나 싶다.

   그리고 가끔 책방에 찾아오시는 손님들이 내 책을 읽

고 오셨다고 하면 우리는 커피 한 잔 마시면서 이야기를 나누고 있으니 책과의 인연은 끝이 없다 하겠다. 분명 이 책도 누군가가 읽고, 어떤 계기로 나를 만나게 될 것이고, 혹여 이 책이 대박 나서 내게 돈을 가져다주면 그 돈으로 책과의 인연을 더욱 끈끈하게 만들어볼 수도 있지 않을까.

삶은 어디로 갈지 아무도 모르지만, 결국 인과관계는 분명이 있다. 그러려고 그런 것이고, 어떤 일은 미래의 어떤 일에 반드시 영향을 미친다. 의미 없는 일은 없고, 시간이 걸리는 일만 있는 것이다. 나는 그것을 너무 잘 알게 되었고, 책방으로 먹고살며, 책을 출간하면서 살고 있으니 더욱 그렇다.

마지막으로 작년 초에 본 사주 선생님께서 하신 말씀.
"제가 책을 출간하려는데 돈이 좀 될까요?"
"당장은 돈이 안 되겠지만 선생님은 기운이 토(土)라 화(火) 기운과 어울려야 하는데, 책은 그 자체로 화 기운

입니다. 계속해서 책 관련 일을 하시면 조만간 큰 빛을
볼 겁니다."

　이 정도면 책방 주인 아니면 할 게 없는 것 아닐까? 책
방을 하게 된 건 우연이 아니었다니까. 정말로.

구독자 100명 유튜브

크리에이터

우리 탄이가 웃을 일이다. 구독자 100명이라니? 사실 100명도 대단한 일이다. 내 콘텐츠를 일부러 구독하는 수고를 마다해주지 않는 사람이 100명은 된다는 사실에 우선 감사드린다. 그리고 죄송하기도 하다. 대부분 본인 유튜브도 봐달라는 상호 협조 조건이 암묵적으로 깔리는데 나는 사실 들어가지도 않는다.

유튜브가 세상에 들어온 지 얼마 되지 않았지만 이미 세상을 뒤집어 놓았다. 우리나라는 역시나 도전적이고 독립적인 나라라 구글이 검색에서 아직 1위 탈환을 하지는 못했지만, 전문가들은 곧 1위가 되리라 전망한다. 어린 친구들이 이미 유튜브로 모든 생활을 영위하고 있고, 그들이 이제 곧 성인이 될 것이기 때문이다. 그리고 구글은 전 세계로 통하지만, 국내 검색엔진은 그렇지 못하다. 우리나라는 인구 5,300여만 명의 아주 작은 시장이기 때문이다.

그런 유튜브를 해야 한다고 몇 년 전부터 귀가 따갑게 들어왔어도 감히 엄두가 나지 않았다. '내가 유튜브를?' 그런 반응이었다. 당연하지 않은가? 이제 와서? 언제 배워서? 이런 생각도 했다. 편집? 그것을 누구한 테 맡겨? 썸네일? 그건 무슨 손톱인데? 이런 생각을 하 고 살았다.

헤이리에 있는 몇 안 되는 편의점에서 맥주캔을 마시 면서 늦은 가을 낙엽을 보며 문득 그런 생각을 했다. 저 낙엽은 올해도 소임을 다하고 자연으로 돌아가는구나, 내년에 다시 나오겠네, 나도 언젠가는 저 낙엽처럼 가겠 구나, 그러면 지금 당장 무엇을 해야 하지?

더는 핑계 따위는 대면 안 되겠다는 생각이 들었다. 하기 싫다는 내 귀찮음의 변명이었고 하기 싫다는 말이 었다. 유튜브로 수익이 나고 나지 않고의 문제가 아니 다. 새로운 것을 배우고 습득해서 내 것으로 만드느냐의 문제였다.

더는 지체할 이유가 없었다. 마침 그즈음에 마포 라디 오방송을 진행하게 된 것이 가장 큰 동기부여가 되었다. 영상을 매번 찍기도 어렵지만, 영상을 꾸준히 생산할 소스가 필요한데 라디오방송은 매주 해야 하고 매주 게스트를 모시고 이야기를 나누니, 그것이 훌륭한 콘텐츠 아닌가.

진행은 매우 간단하다. 방송을 핸드폰과 중고물품 사이트에서 산 마이크로 녹화하고, 그 영상을 혼자 편집한다. 앞뒤 필요 없는 부분도 자르고, 너무 긴 영상은 절반을 나누어 편집한다. 그리고 제목을 붙이고 올린다. 끝이다. 노래도 잘라낸다. 저작권 문제로 라디오방송은 상관없지만 개인 채널은 노출되면 저작권 때문에 추후에 문제가 된다.

보잘것없는 채널이지만 이미 영상은 수십 개가 넘었고, 이 영상은 매주 두 편씩 올라갈 것이고, 1년이면 100개가 넘는 영상이 올라갈 것이다. 매주 다른 직업을 가진 이들이 출연해 나와 이야기를 나누고 본인 인생 이야기를 한다. 흥미로운 이야기도 있고, 꽤 유명해질 분들도 나온다. 그런 이야기가 모여 나중에는 큰 이야기보따리가 될 것이다. 그 이야기들이 모여 또 다른 시너지

를 낼 것이고, 그중에 누가 아주 유명해진다면 내 채널
까지 같이 유명해질 것이다. 반드시 그렇게 될 것이다.

안 되면 어떻게 하냐고?
할 수 없다.
계속하면 된다.
쪽!

팔 수 있는 건 다 팔자,
플리마켓 셀러

고향에서 엄마가 김을 보냈다. 엄마는 분명히 "주변 친구들과 나눠 먹어라." 하셨는데, 큰 박스 안에는 작은 박스가 4개나 있었고, 작은 박스 안에는 큰 김이 포장된 채로 30장씩! 무려 30장씩 들어 있었다. 이 정도면 헤이리 모든 사람과 나누어 먹을 수도 있을 듯한데, 엄마는 과연 김을 얼마나 먹는다고 생각하셨을까?

고민 끝에 주말 헤이리 플리마켓으로 나갔다. 헤이리 예술마을에는 주말에 여러 군데 플리마켓이 선다. 다양한 상품과 셀러들이 옹기종기 모여 상품을 판매하는 장이다. 나는 매대 하나를 차지하고 엄마가 보내신 김을 펼쳤다. 매직으로 휘휘 써 갈겼다,

"맛 보증. 시식하신 분들에게 물어보세요. 가격은 인터넷보다 20% 저렴합니다!"

물론 저렴한 가격은 엄마한테 김 값을 주지 않았기 때문에 가능했고, 가격은 내 마음대로 책정했기 때문인데. 예상외로 김을 맛본 분들의 반응이 좋았다. 함께 플리를

하시던 분들이 먼저 맛보고 구매했는데, 급기야 우리 아이들이 좋아한다며 박스째 사기도 했다. 어떻게 되었느냐고? 2시간만에 완판하고 의기양양하게 복귀했다.

싸게 팔면 누가 팔지 못하겠느냐고 항변할 분들이 계시겠다. 맞다. 싸게 팔면 잘 팔린다. 장사에 소질이 없지만 그래도 플리마켓에 나가서 김을 팔아본 경험치는 남았다고 할 것이다.

며칠 후 엄마에게서 전화가 왔다.

"김은 잘 먹었냐?"

"다 팔아버렸지."

엄마는 몹시 놀라는 목소리였다. 그 많은 김을 팔았다는 것에 놀라고, 김이 장사가 될 수도 있겠다고 생각하신 것 같았다. 엄마는 우리 아들이 장사 수완이 좋아서 김을 더 보내면 아주 많이 팔 것으로, 그것도 비싼 가격으로 팔 수 있으리라 생각하셨는지 이후 두 박스나 더 보내셨고, 그 두 박스마저 플리에서 이미 김 맛을 본 셀러 분들이 2시간 만에 완판시켜 주셨다.

물론 김 값은 여전히 엄마에게 드리지 않은 상태였는데, 역시나 엄마는 며느리에게 집요하게 김 값을 추궁했고, 며느리는 견디다 못해 어서 빨리 김 값을 돌려드리고 더는 김을 팔지 말라고 경고까지 했다. 이즈음에서 일단락되었지만 여전히 김 값은 드리지 않았다. 이래서 아들은 키워봤자 아무짝에도 쓸모없다는 걸 아셨겠지만, 내가 아들이라 어쩔 수 없다. 모른 척 밀어붙이는 수밖에.

　다만, 엄마의 마지막 말은 다음과 같았다.

"우리 아들 대학까지 보내놨더니 장에서 김을 팔아? 화가 난다."

　엄마의 마음은 충분히 이해하지만, 대학과 장에서 물건 파는 건 아무런 상관이 없지 않을까. 대학에 '장에서 물건 파는 과'라는 전공이 있을 리 만무하고. 살다 보면 장에서 무엇을 파는 것뿐만 아니라 진흙탕에서도 진흙을 팔아야 하는 경우가 다반사일 테니 말이다.

생각보다 내 외모가 잘 먹히는 것은 어쩔 수 없다. 흰 머리에 긴 파마의 행색은 나무를 만지면 목수 같고, 노트북 앞에 앉아 있으면 작가 같고. 플리마켓에서 김을 팔면 어촌에서 온 것처럼 보일 수 있어서다.

플리마켓에서 물건을 팔다 보면 생각보다 세상 공부가 많이 된다. 사람의 행동을 볼 기회가 되고, 몇 번 하다 보면 손님이 이 물건을 살지 말지 구분되는 경지에 이른다. 중요한 것은 그것을 업으로 삼으려면 꾸준하게 매우 부지런해야 한다는 것은 두말할 것도 없다. 그리고 최소 3년은 해봐야 그 일이 내 적성에 맞는지 알 수 있다.

실제로 플리마켓에서 '뽑기'를 해본 적이 있다. 인간의 사행심을 이용한 기가 막힌 상술인데, 생각보다 잘 먹힌다. 천 원 내고 꽝이 없으면 우선 사람을 모으는 데 성공한다. 흔히 꽝이 있는 뽑기를 하는 경우가 있는데, 이것은 조심해야 한다. 약 4~6세 아이들도 뽑기에 관심을 가지는데, 꽝이 나오면 우는 아이가 많으므로 주의를 요한다.

뽑기는 원가 대비 마진이 상당하다. 예를 들면, 창고를 뒤져 보면 생각보다 잡다한 물건이 많이 나온다. 나는 쓰지 않지만 쓸 만한 물건이 많은데, 그중에는 쓰지 않고 타스째 있는 연필을 비롯해 잡다한 것들을 먼지 털고 다듬으면 의외로 멋스럽다. 그것들은 모두 뽑기의 상품이 될 수 있다.

1등 상품은 매우 그럴듯한 것으로 하는 편이 좋다. 나 같은 경우는 '현찰 10만 원'도 해보았고 '배민 상품권 8만 원'도 해보았는데, 효과가 상당하다. 사람은 누구나 '나는 1등을 뽑을 수 있으리라' 생각하기 때문이다. 물론 실제로 1등을 뽑는 경우도 상당하고, 그럴 때는 오히려 그 가족을 행복하게 해서 나까지 기분 좋다.

한번은 4살 정도로 추정되는 너무 예쁜 여자아이가 뽑기를 했는데, 2등을 뽑았다. 당시 2등 상품은 3만 원짜리 큰 강아지 인형이었는데, 아이가 자기 키만한 인형을 안고 마냥 행복해하는 모습이 지금도 잊히지 않는다. 그 아이를 바라보는 부모의 눈빛 또한 잊히지 않는다. 그 아이는 지금도 그 인형을 안고 즐거워할 테고, 자신의

애장품일 테고, 헤이리에 대한 추억이 오래 남지 않을까 싶다.

　플리마켓을 하다 보면 그 시간을 훨씬 담백하고 보람 차게 보낼 수 있다. 흥정하는 재미와 온갖 종류의 사람 을 보는 재미 또한 쏠쏠하다.
　삶이 지루하거나 할 것이 없다고 생각한다면, 주변의 플리마켓을 검색해보라. 동대문이나 남대문 시장에 가 서 무엇을 내다 팔면 장사가 될지 생각해보라. 두뇌 회 전도 되고, 발품 팔면서 운동도 되고, 원가를 계산하면 서 치매 예방에도 그만이다. 당장 플리마켓으로 가보라.

ON AIR,
마포 FM 100.7

라디오라니?

라디오 DJ. 맞다.

진행한다. 앞으로도 계속할 생각이다. 재미있고 내 성향에도 잘 맞는다.

무슨 프로그램이냐고? '세상에 이런 JOB이'라는 프로그램이다. 마포 FM 지역 방송국에서 한다. 매주 목요일 오전 10시에 나온다. 물론 전국구는 아니고, 마포구와 서대문구 일부에 송출된다. 와우산에 막혀 퍼지지 못한다고는 하는데 진실은 모르겠다. 중요한 것은 누가 듣느냐가 아니다. 내가 진행한다는 것이다.

2023년 초였다. 마포 FM 라디오에서 프로그램을 진행하던 분이 나를 게스트로 초대한 적이 있었다. 책방관련된 이야기를 서로 나누는 프로그램이었는데, 녹화후 그분께서 이런 말을 했다.

"방송을 하시면 잘하시겠는데요."

"정말요? 저도 할 수 있어요?"

그 한마디에 나는 이 방송을 시작할 수 있었다. 교육

받고, 어떤 프로그램을 할지 기획서를 제출해서 승인받으면 되는 것이었는데, 시간이 좀 걸렸지만 도전해서 프로그램을 맡게 되었다. 그리고 방송을 통해 내 인생이 파란만장하게 바뀌는 시발점이 되었다. 그리고 지금, 매주 녹화를 한다. 매주 게스트를 모시고, 매주 그들의 직업과 인생 이야기를 나눈다.

지인인 대한민국 1호 캘리그라피스트 이상현 작가를 시작으로 가수, 교수, 선생님, 로스팅 회사 대표, 건축가, 여행사 대표를 비롯해 무궁무진한 분들이 다녀가셨다. 그들과는 많은 이야기를 나누고, 개인적으로 식사를 하거나 소주를 한 잔씩 마시곤 한다.

처음에는 방송을 잘 몰라 음성이 들어가지 않거나 촬영이 잘못되어 얼굴이 화면에 나오지 않는 등 문제투성이였다. 물론 지금도 그런 일을 겪지만, 꾸준하게 여러 사람을 모시고 녹화한다. 내 프로그램을 걸고 내 방송을 하는 것이다. 그리고 그 영상을 찍어서 내 유튜브 채널 '쑬딴TV'에 올린다. 구독자가 몇 명이든 개의치 않는다. 콘텐츠로 남기는 목적이기 때문이다. 누군가는 들어볼 테고, 누군가가 그 방송으로 작은 도움을 받았다면 그것으로 충분하다.

편집도 엉망, 관리도 허술한 방송이지만 어엿한 내 채널이고 나만의 콘텐츠다. 방송에 나온 누군가가 언제 세상에 주목받을지 아무도 모르고, 인터넷은 핸드폰만 켜면 바로 접속할 수 있다. 누구에게나 열린 세상이 된 것이다.

한번은 멀리 대구에서 게스트를 모셨다. 20대 때 죽을 고비를 넘긴 후 모든 인생을 덤으로 산다고 생각하는 여성분이셨다. 남편이 소방관인데 어느날 길을 가다가 어디서 불이 났는지 소방차가 지나가는 것을 보고 자신도 모르게 차량을 통제하고 있었다고 한다. 그녀는 무슨 일이 있어도 출동한 남편의 전화는 울리자마자 받는다고 한다. 혹시나 모를 사고를 염려하고 남편의 무사를 생각하다 보니 그런 일이 습관이 되었단다.

그 이야기를 하시면서 눈물을 멈추지 못했다. 나도 같

이 먹먹해져 방송 중단 사태가 왔지만, 어떻게 편집하는지 몰라 그냥 두었다.

또 한 번 울컥한 일이 있었다. 마포에 거주하는 여성분인데, 세월호 합창단으로 활동하신다. 세월호 합창단은 세월호 희생자 어머님들과 일반 시민으로 구성되어 있는데, 전국 어디나 외국이라도 불러주면 가서 노래한다고 하셨다. 그곳에 가서 함께 노래하고, 세월호를 잊지 말자는 이야기를 하신다.

고등학교에 가서 공연할 때도 있는데, 공연을 보러 온 학생들을 볼 때마다 눈물이 쏟아져 학교가 온통 울음바다가 되곤 했단다. 저 아이들이 내 아이, 우리 아이들이었을 수도 있지 않은가. 잘 컸으면 대학을 졸업하고, 남자친구나 여자친구를 사귄다고 했을 테고, 여전히 잠이 많아 아침마다 엄마의 잔소리를 들을 자식들이다. 아빠와 맥주 한잔 마시면서 취업을 비롯해 이런저런 이야기를 나누었을지도 모른다.

이날 녹화하고 그분들과 술 한잔 마시고 집으로 돌아

오는 버스 안에서 얼마나 눈물을 흘렸는지. 버스 안의 다른 승객이 그런 나를 보았다면 미친놈이라고 했을 것이다.

라디오방송은 이제 10개월이 다 되어간다. 매주 게스트를 모시고 그들의 직업에 관해 이야기를 나눈다. 처음에는 젊은 친구들의 진로와 직업에 대한 조언 정도를 주고 싶은 생각이었지만, 방송이 거듭될수록 느끼는 부분이 있다. 직업은 삶의 큰 맥락 중에 한 부분이다. 각자의 삶은 각자의 삶대로 저마다 위대하고 의미가 있으며, 그 직업을 통해 본인의 삶이 행복해야 할 권리가 있다.

그분들의 이야기를 들으면 각자의 인생 행보가 어떠했는지, 얼마나 힘든 일을 건너왔는지, 지금 어떻게 살고 있는지 알게 된다. 진행은 내가 하지만, 내가 그들에게서 한 수 가르침을 받는 느낌이다.

1살이 안 된 게스트가 나오기도 했고, 소설책을 출간한 중학생이 나오기도 했고, 80을 바라보는 교수님이 다녀가시기도 했다. 내 목소리는 매주 목요일 오전 10시에 FM 100.7㎒에서 들을 수 있다. 내 목소리가 방송을 타고 어디론가 나가는 것, 누군가가 그 이야기를 듣고 작은 도움 혹은 삶에 보탬이 된다면 더할 나위 없겠다. 아마도 분명 그럴 것이다. 그리고 나는 이 방송을 계속할 것이다.

나는 마포 FM 라디오 진행자다.

on air.

< 그게 바로 너야 >
작사가입니다

우리가 잘 아는 싸이나 BTS의 방시혁이 본인 기획사의 연예인을 통해 많은 돈을 번다고 생각하지만, 물론 가진 돈도 엄청나겠지만, 정작 가장 멋진 수입은 본인이 만든 곡에서 나오는 음원 수익이다. 내가 '멋진' 일이라고 표현한 이유는 이것이다.

예를 들어 내가 만든 곡이 있다고 하자. 그 곡을 음원으로 등록해두었으며 그 제목이 〈그게 바로 너야〉라고 하자. 그러고는 10년이 지났다고 하자. 그러던 어느 날 나는 피곤해서 밤에 일찍 잠자리에 든다. 그때 멀리 부산의 어느 외진 노래방에서 누군가 헤어진 사람이 생각나 노래방에서 이 노래를 불렀다고 치자. 그러면 내게 돈이 들어온다. 이런 구조를 두고 '멋지다'라고 표현한 것이다.

곡이 많을수록, 그 곡이 유명할수록 그 돈은 기하급수적으로 늘어날 테고, 그 노래는 언제 어디서 얻어걸릴지 모른다는 데 가장 큰 장점이 있다. 그런 의미에서 노래만큼 드라마틱한 수익구조는 없을 것이다. 심지어 책은 종이로 돌아다녀야 하지만, 음악은 인터넷 안에서 음원으로만 돌아다니니 그렇다.

　25년 전이다. 1990년대 초반, 대학로에 나가 돌을 던지거나 전경들 앞에서 고함을 치던 시절이었다. 집회가 끝나면 어느 대학인지 상관없이 무리를 지어 앉아 술을 마시거나 통기타로 민중가요를 부르던 시절이었다. 그때 만난 한 후배는 노래패에서 활동하던 친구였고, 노래를 무척이나 잘했으며, 노래를 직접 짓고 만드는 실력까지 갖추고 있었다.
　대학로에서 만나 친해진 우리는 조금 더 자주 만나 더 많은 술을 마셨고, 운동이나 노래 이야기를 더 자주 나누었으며, 그러다가 함께 곡을 만들어보자고 의기투합했다. 그렇게 나는 가사를 쓰고 그 후배는 곡을 만들었다. 그 곡이 〈그게 바로 너야〉라는 희대의 명곡이다. 후배가 통기타로 불렀고, 나는 가끔 그 노래를 듣기만 했다. 여기서 '희대'라고 한 것은 실물은 있으나 아무도 듣거나 보지 못했다는 뜻이니 이해 바란다.

그렇게 25년이 지났다. 라디오방송을 하면서 만난 가수들의 이야기를 듣다가 귀가 번쩍 뜨였다. 그것은 바로 '음원'이라는 새로운 돈벌이였는데, 내가 들은 바로는 음원 하나가 수익이 발생하면 작곡과 작사가 4 대 4, 편곡자가 2를 가져간다는 것 등이다. 무슨 말이냐면, 노래 한 곡이 한 달에 100만 원의 수입이 생기면 작곡가와 작사가가 40만 원씩 가져가고 편곡자가 20만 원을 가져간다는 말이다. 이 얼마나 큰 대박인가.

이 방송 후 나는 갑자기 번개가 번쩍이듯이 25년 전에 작사한 노래가 생각났다. 〈그게 바로 너야〉 맞다. 내 손을 거친 노래가 있었지. 그럼 이 노래를 어떻게 해야 하나? 주변에 물었다. 우선, 음원을 등록해야 한단다. 노래를 다듬어야 하고 녹음해서 등록하면 된다. 녹음까지 거치는 데 돈이 들고 등록하는 데도 돈이 들지만 어쩔 수 없다. 혹시 아는가? 〈유퀴즈〉에서 노래를 틀어주면 대박 날 수도 있는 것 아닌가.

'노래 한 곡 대박 나기가 얼마나 힘든데?'

이렇게 생각할 것이다. 맞다. 당연히 대박 나기 어렵다. 그러나 어렵다고 하지 않는 것보다 관심 있고 재능 있다면 해보는 편이 낫다. 새를 잡으려면 그 새가 좋아하는 모이를 뿌려두어야 한다. 잡히지 않으리라 예단해서 모이를 뿌리지 않으면 새를 잡기는커녕 다리만 아프다. 부지런히 모이를 뿌려두고 그중에 한 마리, 아니 수십 마리가 잡힐 시간을 기다려보자. 그러면 생각보다 새를 잡을 확률이 매우 높지 않을까. 그리고 하나 더. 새가 꼭 잡히지 않더라도 새 대신 닭이 잡히는 경우도 부지기수다. 아닐 거라고? 맞다. 아닐 수도 있고, 그럴 수도 있다. 나는 그렇게 된다는 쪽에 내 왼 손목을 건다.

그 희대의 노래 〈그게 바로 너야〉는 이 책 표지 앞날개 QR 코드로 들으실 수 있다.

그때 바로 너야

유사랑 노래
솔딴글
유딍 곡
정태호 편곡

♩=84   CM7   FM7 Gm7   Am

꾸오국기   론 아짬 시 않오 그그 사랑

히루를 틱하니메 반썼누키 공하으 사랑 ─ 이꼬께멋‥

배 나왔지만
요가를 가르칩니다

In a peace —

나는 살면서 비웃음을 당해본 적이 많지 않다. 누가 웃었는데 내가 몰랐을 가능성도 크다. 누가 비웃었는데 내가 무시한 때도 있었다고 본다. 원래 남에게 신경 쓰지 않는 스타일이기도 하다.

그런 내가 가장 크게 비웃음 받은 경우가 있는데, 바로 요가 강사 자격증을 딴다고 했을 때다. 가장 먼저 김 여사한테 이야기했을 때, 김 여사의 표정이 잊히지 않는다. 눈을 흘기면서 1초도 망설이지 않고 비웃었다.

"뭐를 한다고? 요가? 그것도 강사 자격증을 딴다고? 그 배로? 그 몸으로?"

이해한다. 나도 내 체형을 잘 안다. 나이 50 된 아저씨의 몸매를 상상해보라. 배는 뒷산만큼 튀어나오고, 팔다리는 어느덧 가늘어졌다. 몸을 5등분하면 그중 하나가 머리다. 눈이 좋지 않고, 큰 개미라고 생각해도 무방한 몸매다.

"그 몸으로 요가라고?"

김 여사뿐만 아니었다. 지인이나 친구들도 모두 요가 강사 자격증이라는 말을 꺼내면 1초도 망설이지 않고 비웃었다. 대놓고 깔깔 웃는 친구도 있었다. 그러나 나는 단호했다. 배 나온 요가 강사가 있으면 안 되나? 왜 요가의 모든 동작을 완벽하게 다 해야만 강사를 할 수 있을까? 그러면 축구 감독은 왜 직접 뛰지 않고, 골프 레슨 프로는 왜 PGA에서 1등을 하지 못할까?

내가 요가 강사를 결심한 계기는 이렇다. 어느 날 TV 뉴스를 보고 있었다.

"대한민국이 10년 이내 60대 이상의 노인 비율이 전체 인구의 3분의 1이 넘을 겁니다."

한 경제전문가의 말이었다. 처음에는 잘못 들은 줄 알았다. 3분이 1이라고? 33%? 그럴 리가 있나. 밖에 나가면 젊은이가 얼마나 많은데. 하지만 팩트였다. 우리는 늙어가고 있다. 더 심각한 것은 그 노인들 중 55%는 빈곤하다는 것, 모두 건강에 관심이 많아진다는 것, 그리고 죽음에 더 가까워진다는 것이다.

거기서 나는 나의 노후 대비 사업 아이디어를 생각했다. 노인을 위한 사업은 망하지 않겠구나. 엄청난 인구의 노인들이 건강을 생각하고, 건강을 위해 돈을 쓸 수밖에 없겠구나. 그래서 '시니어 힐링 센터'를 구상했다. 그 센터를 운영하는 사람으로서 적어도 요가 강사 자격증 하나쯤은 있어야 한다는 결론에 다다랐다. 물론 요가 강사 자격증은 국가자격증도 아니고, 단체에서 발급하는 자격증이라 정부가 인정하는 공신력 있는 자격증은 아니다. 다만 거금을 들여 3개월간의 고된 수련과 이론, 중간시험, 기말시험과 내가 직접 시범을 보이는 50분간의 티칭 과정을 영상으로 찍어 자격증을 주는 나름 견고한 시스템이다.

이 글을 읽고 요가 강사 자격증에 도전해보고 싶은 분들을 위해 몇 가지 조언을 드린다.

1. 몸치여도 상관없다. 몸은 움직이는 대로 반응한다. 나도 그랬다. 처음에는 선 채로 손을 바닥에 닿지도 못

했는데 몇 번 수업을 참가하고 나니 나도 모르게 손이 바닥에 닿았다. 매우 놀라웠다.

2. 요가 동작 중 선생님들이 말하는 요가의 끝판왕 동작이 있다. '시르사 아사나' 라고 표현하는 머리 대고 물구나무서기 자세다. 물구나무라니. 초등학교 다닐 때 체육 시간에 몇 번 해보고 뒤로 발라당 넘어진 이후로 해본 적도 없는 자세다. 나는 불가능하리라 생각했다. 그러나 연습과 수련은 그 모든 것을 이겨낼 수 있게 한다. 나는 되냐고? 물론이다. 두 달간 연습했다. 벽에 대고 연습하고, 배에 힘이 들어가기 시작할 무렵 이 동작이 가능해진다.

3. 요가는 꾸준하게 수련하는 것이 목적이다. 하루이틀 하고 그만두면 의미가 없다. 다만 해보지 않으면 요가가 내게 맞는지 아닌지 알 수가 없다. 주로 젊은 사람들이기는 하지만, 요가를 경험하는 사람들은 대부분 요가를 수련하다가 깨달음을 얻는다. 예를 들면 어려운 동

작을 소화하면서 동작 구현이 될 때 큰 희열을 느끼는 경우다. 나는 아직 그런 경지까지는 가보진 못했다. 그리고 요가를 하면서 대지와 하늘에서 에너지를 느낀다고 하는데, 물론 여기까지도 경험해보지 못했다. 이런 경우 요가와 내가 궁합이 아주 좋다는 결론에 다다를 수 있다.

요가를 하는 사람은 모든 이들에게 요가가 최선의 운동이라고 말하지만, 내 생각은 다르다. 누구나 자기에게 맞는 운동이 있다. 아무것도 하지 않아도 무척 건강한 사람이 있듯이 누구에게는 엄청나게 과격한 운동이 맞을 수 있다. 누구는 요가가 가장 적합할 수 있고, 누군가에게는 마라톤이 지상 최대의 운동법이 될 수 있다. 중요한 점은 내가 어떤 운동에 맞는지를 알아내는 것이다. 평생 운동을 하지 않고 살 수는 없다. 일찍 죽고 싶지 않다면 말이다.

한 전문가가 이런 말을 했다.

"유산소운동이라는 표현은 잘못된 표현입니다. 유산

소 활동은 우리가 살면서 평상시에도 매일 꾸준하게 하는 활동입니다. 운동이라고 하면, 요가나 헬스처럼 시간을 투자해서 내 몸을 쓰는 것입니다. 그것이 진짜 운동입니다."

이 글을 쓰는 중에 요가 강사 기말시험을 준비하고 있다. 이 책이 출간될 시점에는 내가 요가와는 담을 쌓고 살 확률이 높다. 그러나 내게는 요가 강사 자격증이라는 놀라운 결과물이 있을 것이다.

어려운 시간을 쪼개 매주 2회 5시간씩 요가 선생님과 물구나무서기 연습을 하고, 허리가 바들바들 떨리며 전사자세를 배우고 익혔다. 이 자격증을 위한 시간은 분명 '시니어 힐링 센터'를 개원하는 데 큰 역할을 할 것이고, 3개월 동안 배운 동작과 내용과 이론이 나를 일반인보다는 요가에 전문적이라는 것을 보여주는 멋진 증표가 될 것이다.

요가 강사라니? 배 나온 요가 강사. 멋지지 않은가? 나를 보면 누구라도 요가를 배울 수 있을 것 같은 생각이 들 것이다.

'저 분을 보니 나도 하겠는데!'

요가는 그런 운동이라고 본다. 누구나 할 수 있는, 내 몸과 마음을 들여다보는 연습을 하는 운동.

요가 첫 시간에 선생님이 하던 말씀이 떠오른다.

"요가의 궁극적인 목적은 해탈입니다."

그렇다. 우리는 행복하기 위해 살고, 궁극적으로 본인 인생에 깨달음을 얻기 위해 산다. 나는 그 길에 한 걸음을 내디뎠다는 것에 만족한다.

이러나저러나 나는 요가 강사다. 뒷산만큼 배 나온 요가 강사.

민속박물관 전속
전통문화해설사를 꿈꾸며

2023년에 국립민속박물관 전통문화해설사 수업을 신청했다. 멋진 아저씨가 우리나라 역사 문화에 관해 이야기해주면 좋을 것 같아서였는데, 정작 내가 역사에 아는 것이 없었다. 조선 왕의 이름도 제대로 모른다. 고등학교 때 역사 시험만 보면 도대체 이런 걸 왜 외워야 하냐고 투덜거린 기억밖에 없다. 그런 내가 전통문화해설사라니.

수업을 들어보니 새로운 세상이 열렸다. 우리나라 역사가 새롭게 다가왔고, 내가 아무 생각 없이 누린 것들이 우리 조상들의 손이 거친 것이라는 사실을 깨달았다. 고려 때 우리나라 인구는 300만~400만 명이 채 되지도 않았다는 사실에 경악을 금치 못하기도 했다. 지금 서울 인구가 900만 명이라고 하면 비교가 된다. 400만 명 안에는 어린아이, 여성, 노약자도 포함되었을 테고, 전쟁 혹은 힘을 써야 하는 일에 동원되는 인구가 몇이나 되었을까 싶은데 그 인구로 몽골과 전쟁하고 나라를 지탱했다는 사실에 매우 놀랐다.

물론 이런 생각을 하는 나보다 나이가 많으신 형님 누님 200여 명이 가득했고, 각자 인생의 책 한두 권씩은 쓸 만하신 분들이 모이니 얼마나 말이 많은지 기절할 뻔했다. 그중 몇 분은 매우 특이한 행동을 하시는데, 다음과 같다.

전화 통화를 큰 소리로 한다. 보통 사람의 통화 소리보다 다섯 배 정도 크다. 성량의 문제가 아니라 나를 좀 봐달라는 외로움의 다른 표시가 아닐까 싶기도 하다. 이런 분은 보통 핸드폰을 소리로 해두고, 수업 중에 벨 소리가 울리면 본인 것이 아닌 척한 다음 매우 오랫동안 울린 후에야 전화를 받고, 아주 큰 소리로 통화를 하면서 당당하게 강의장에서 나간다. 보통 옆집 할아버지의 근황 소식인 듯한데, 강의장에 모든 사람이 옆집 박 씨 할머니의 둘째 딸의 근황을 알게 되는 매우 효과적인 방법이기도 하다.

수업 시간에 소리를 켜 두고 게임을 하는 분도 있다. 이때마다 다른 형님들이 큰 소리로 호통을 쳐 속으로 매우 다행스럽다고 생각한다. 게임을 끄거나 소리를 줄이기도 하지만, 몇 형님은 언짢은 표정으로 묘한 소리를 내면서 자신이 기분이 좋지 않다는 것을 계속 표현한다.

그래도 다행인 것은 대부분의 형님 누님들이 점잖고, 본인의 갈고닦은 역사 문화에 진심이시고, 그것을 널리 알리고 싶고, 노후에 의미 있는 일로 돈도 벌고 싶다는 점이다. 그런 그분들이 매우 존경스럽고, 나이 어린 내가 배울 점이 많다.

나는 '전통문화해설사 2급 자격증'에 도전해서 합격했다. 시험에 주관식이 있어서 매우 울분을 삼켰지만, 모처럼 암기라는 것을 하면서 아직 내 머리가 쓸 만하다고 생각한 것은 다행이다. 놀랍게도 응시자 전원이 합격한 것으로 추정은 되지만, 대부분 주관식을 암기해서 맞혔다는 것을 보면 역시나 대한민국은 아직 인재가 많다는 것을 새삼 느낀다.

이 자격증을 가지고 거의 20여 년 만에 이력서를 써보았고, 이어갈 말이 없어 말도 안 되는 자기소개를 적어

헤이리예술마을 앞에 있는 파주 국립민속박물관에 보냈다. 이 외진 곳에 올 사람은 드물고, 자발적으로 자원봉사 해설사로 활동하겠다고 하니 매우 고마워하지 않을까 혼자 즐기며 기다리는 중이다.

올해 가을에는 파주 국립민속박물관 수장고를 해설하는 아저씨의 한 명으로, 재치 있고 즐거운 입담으로 관람객들에게 정보와 웃음을 주는 해설사로 활동할 수 있을 것이다. 한국의 문화와 유적과 예술을 이해하고 그것을 설명한다는 것은 너무나 뿌듯하고 즐겁고 행복한 일이 아닐 수 없다. 파주 국립민속박물관은 오픈형 수장고의 형태로 운영 중이니 더 많은 것을 보고, 더 많이 공부해야겠다.

소맥 하나는 끝내주는

조주기능사

술 좀 마신다. 애주가라 할 수 있겠다. 1년에 350일 정도 마신다. 가끔 간과 장이 걱정되기는 한다. 그 덕분에 매년 건강검진은 받기는 하는데, 아직 걸어 다닐 만하다. 이렇게 건강이 염려스러우면 술을 줄여야 하는 것이 응당 당연한 듯하지만 아쉽게도 나는 아직 술이 좋다. 진짜로 좋다.

저녁 시간에 책방에서 퇴근하고 탄이와 함께 집에 와서 샤워하고 골뱅이 캔을 꺼낸다. 캔에 남은 물을 좀 따라 버리고 접시에 골뱅이를 올린다. 가위로 먹기 좋게 잘라내고 깨를 솔솔 뿌린다. 그리고 김치냉장고에 넣어둔 맥주 한 캔을 꺼낸다. 골뱅이를 한 점 먹고 맥주를 벌컥벌컥. 카아~ 죽인다. 이 맛이지. 세상 부러울 게 없다. 이 순간만큼은 내가 왕이다.

더 좋아하는 안주가 있다. 편의점에서 파는 맛살류인데. 언제부터인가 놀랍게도 칼로리를 보고 눈을 의심한 적이 있다. 칼로리가 이것밖에 안 된다고? 맛살을 죽죽 찢어 마요네즈나 남아도는 소스를 접시에 놓고. 한 점

찍어 먹고 맥주를 꿀떡꿀떡. 커어~~. 미친다. 살아 있는 기분이야. 예술이야!! 예술이야!!

맥주만 마시느냐 하면 또 그렇지 않다. 애주가는 술을 가리지 않는다. 모든 종류의 술을 좋아한다. 가끔은 초당두부를 사 오기도 한다. 물에 데치고 김치를 송송 썰어 두부를 조금 잘라 김치에 얹어 한 입 먹으면 천국이 따로 없다. 거기에 막걸리 한 사발. 커어~~~. 진시황이 이 맛을 알았을까? 중국에는 초당두부가 없으니 모를밖에.

가끔 김 여사께서 책방 퇴근이 늦으면, 베란다에 있는 양파 한 개와 마늘 몇 개를 물에 불려 깐다. 마늘을 여러 쪽 준비하고 양파를 한 개 다 까서 프라이팬에 올리브유를 듬뿍 두르고. 양파와 마늘을 양껏 올린다. 대충 휘적휘적하다가 스파게티 면을 꺼내 대충 집어 12분을 끓인다. 내 기준에 12분이 가장 알맞다. 면 끓인 물을 조금 붓고, 양파와 마늘 볶던 프라이팬에 면을 투하! 소금과

후추를 마구 뿌리다가 정체를 알 수 없는 가루들을 조금 넣는다. 주방에 있으나 아직도 정체를 모르는 가루가 있다. 입맛에 따라 고춧가루도 가끔 과감하게 투하하는데, 나쁘지 않다. 이 정도 요리에는 와인이다. 마트에 가면 만 원짜리 와인이 즐비한데, 맛이 너무 좋아서 프랑스에 와 있는 게 아닐까 헷갈리기도 하고, 와인에 취하면 이곳이 이탈리아인지 스페인인지 헷갈리기도 한다.

술이 좋아서 막걸리부터 와인, 소주 맥주는 말할 것도 없고 백주, 위스키, 테킬라, 버번, 보드카까지 다 섭렵해보았다. 도수 25도 이상이면 좀 탈이 난다. 취해서이기도 하고, 다음날 거의 누워 있기 때문이다. 그래도 좋은 걸 어쩌겠어.

술이라면 마시고 즐기는 것은 자신 있는데, 전문적이 되고 싶었다. 그래서 자격증에 도전했다. 직장 시절에 도전한 건데, 조주기능사라는 바텐더 자격증이다. 칵테일 만드는 전문가다. 시험은 어렵다. 전문 학원에서 연습도 해야 하고 시험 대비 훈련도 해야 가능하다. 모든 시험은 다 떨린다. 무작위로 주어진 칵테일 3종을 제한 시간 내에 올바른 레시피대로 만들어야 한다. 중요한 것은 우선 만들어야 한다는 것.

그리고 제작 방법과 레시피대로 하지 않으면 감점으로 계산한다. 손이 떨리기는 했지만 석 잔을 무사히 만들었고, 한 가지 음료의 레시피가 생각나지 않아 그냥 빼고 만들었다. 결과는 합격.

그래서 나는 조주기능사이고, 이왕지사 기능사 자격증을 취득한 김에 국제바텐더도 도전해서 국제바텐더 자격증도 있다. 멋지지 않은가? 국제바텐더. "그럼 칵테일을 만드시나요?"라고 물을 수 있겠다. 소맥은 기가 막히게 만다. 우리나라는 칵테일보다는 소맥이다. 술자리에서 조주기능사 자격증이 있다고 하면 모두가 눈이 1.5배 정도 커지면서 기대하기 시작한다. 그리고 색다른 조합이 아니더라도 숟가락으로 맥주잔을 팍팍 쳐서 한 잔씩 돌리면 다들 이렇게 반응한다.

"이야! 진짜 다르네!!"

정말 다른지 기분이 그런지 나는 알 수 없다. 맥주를 많이 따르지 않기도 하거니와 거품이 충분히 나오도록 숟가락을 많이 사용하는 정도다. 잔을 흔들거나 던지거나 하지 못한다. 하지 않는 것이 아니라 하지 못한다. 그러나 사람들은 다르게 느낀다. 자격증의 힘일 수도 있고, 플라시보 효과일 수도 있다.

물론 가끔 눈매가 매서운 분들이 '다를 것도 없네.' 하는 날카로운 비수를 던지기도 하지만 상관없다. 중요한 것은 하고 싶은 일에 도전해서 공식적인 자격증을 가지고 있다는 것이고, 그로 인해 사람들이 그 시간 동안 잠시 행복할 수 있다는 것이다.

나와 비슷한 술꾼들은 사실 칵테일을 즐겨 하지 않는다. 도수는 약하고, 단맛이 많고, 번거롭기 때문이다. 그러나 유행은 변하듯이 요즘 하이볼이 매우 유명세를 누리는 것도 일종의 트랜드라 할 만하다. 하이볼이야말로 전통 칵테일이니 말이다. 그렇게 본다면 우리의 소

맥이야말로 가장 한국적이고 가장 우리다운 칵테일이라
할 만하다.

　술 한 잔에 웃고 우는 우리나라 대한민국. 술로 행복
할 수 있다면 그마저도 행운이지 않을까.

몹쓸 남편

꿈결에 김 여사의 안면을 주먹으로 강타한 적이 있다. 자다가 봉변을 당한 김 여사나 주먹을 날린 나나 둘 다 황당하기는 마찬가지였다. 김 여사는 여전히 고의로 그랬다고 생각하고 있지만, 하늘에 대고 맹세하건대 잠결이었다. 그때 새삼스럽게 깨달았다. 자다가 옆에 있는 사람을 죽일 수도 있겠다고. 그 이후로는 각자 잔다. 혹시 모를 불상사를 방지하기 위해서다. 김 여사는 역시나 다른 이유가 있으리라 생각하고 있다.

나는 몹쓸 남편이다.

우리가 부부가 되는 과정을 먼저 보자. 무려 20여 년 전이다. 입사 후, 젊은 혈기에 눈이 맞아 동거부터 했다. 우리끼리는 사내연애를 조용히 한다고 생각했지만, 출퇴근을 같이하는 우리를 본 몇 직원은 이미 눈치채고 있었다. 심지어 제주도로 놀러 갔는데, 제주도에서 회사 직원과 마주친 적도 있고, 속초에 놀러 갔다가 해수욕장 모래밭에서 회사 직원을 마주한 적도 있었다. 마치 꿩이 매를 피해 땅에 머리를 파묻는 것과 다를 바 없었다.

사실혼 관계이기는 하지만 언제 헤어져도 무방한 관계는 갑자기 전환기를 맞이했다. 두바이 지사장으로 발령 난 것이다. 두바이라니? 두바이는 결혼 서류가 없으면 부부로 인정하지 않는다. 여성 여권에 'Wife of SEO'라며 누구의 와이프라고 적힌다. 그래서 우리는 혼인신고를 했다. 동거 이후 5년 정도 지난 후였다. 4년 반 동안 두바이에서 생활하고 한국으로 복귀했다.

그러나 우리는 아직 결혼식을 올리지 않은 상태였다. 김 여사는 매우 식을 하고 싶어했고, 나는 그런 의식이 무슨 의미가 있느냐고 반문했지만, 문득 결혼식을 하면 돈을 많이 당길 수 있겠다고 생각했다. 그래서 결혼식을 강행했다. 선 동거 후 혼인신고 후 6년 뒤에, 나이 40이 넘어 식을 올린 특이한 케이스다.

물론 결혼식장은 1년 중 가장 비수기라 대관료는 없고 식대를 견적 받던 중 식대비까지 네고해서, 예식장 실장님께서 "음식값 네고하는 신랑은 처음 보았다."는 아주 흡족한 이야기를 들었다. 그뿐인가. 결혼식 당일 날 지방에서 버스로 장시간 오시는 부모님의 화장과 머리 정돈이 필요하다는 이유로 풀메이크업과 머리까지 다듬는 서비스를 받아냈다. 그야말로 효율을 높인 최고의 가성비 결혼식을 치렀다. 더구나 회사의 축의금을 받아내기 위해 회사 내의 모든 부서에 청첩장을 돌려 "누구야?"라는 귓속말을 들었고, 대표이사님께 주례를 부탁하자고 했다가 담당 임원이 너무 오버라고 할 정도로 홍보에 최선을 다했다.

염치없지만 그 당시에는 그럴 만했다. 나이들어 내게는 결혼식이 의식 그 이상도 아니었고, 식을 핑계로 그동안 차곡차곡 쌓아둔 마이너스통장과 전세자금 대출을 좀 갚아보자는 오직 단 하나의 목적만으로 임했던 터라 최선을 다했다. 거래처와 일가친척, 회사 사람들, 그리고 지인들까지. 나름 인산인해의 식장에서 무사히 결혼식을 마치고 축의금으로 꽤 큰돈을 모았다. 그 덕분에 전세자금 대출과 마이너스 대출 일부를 갚고 미국으로 신혼여행까지 다녀올 수 있었다.

하지만 받은 축의금만큼 열심히 회사생활을 해서 회사와 가정에 충실한 남편이 될 것이라는 주변의 시선에도 불구하고 2019년에 돌연 퇴사를 결심해 김 여사를 또 한 번 경악하게 한 장본인이 나다.

그래도 할 말이 많다.

우선, 함께 있을 때 김 여사님께서 너무 말이 많아 몹시 곤란할 때가 많은데, 그때마다 "나처럼 말 없는 와이프도 없어."라고 말하는 걸 보고 기겁한 것이 한두 번이 아니다. 일어나자마자 잔소리 리스트를 적어두었다가 하나씩 읽는 듯 이어지는 잔소리는 영화 〈300〉에서 페르시아군의 화살이 하늘을 덮듯이 잔소리 화살이 온 하늘을 뒤덮기 일쑤다. 스파르타 군인들이 얼마나 무서웠을지 가히 짐작이 간다.

그뿐이 아니다.

하루는 저녁에 일찍 들어가 쉬면서, 피자에 와인 한 잔 마시고 있는데, 퇴근하고 들어와서는 다짜고짜 "지금 돈도 없는데 피자가 입에 넘어가느냐?"라는 망언을 서슴지 않아, 일주일 넘게 투석전을 방불케 할 정도로 싸운 적도 있다.

그런 오랜 시간 묵혀둔 상호 간의 실망과 억울함 그리고 짜증이 어느 정도 세월이 지나자 균열이 간 유리처럼 지내는 것 같지만, 그 유리도 알고 보니 유리가 아니라 그냥 돌일 수도 있겠다는 생각이 드는 것도 사실이다. 유리처럼 보이지만 두들겨 보면 절대로 부서지지 않는 돌멩이 말이다. 암울하지만 어쩔 수 없이 그 앞에서 주저앉아 울고 싶을 때가 한두 번이 아니지만, 그것은 내 힘으로는 어쩔 수 없는 매우 단단한 돌이었다.

더구나 집안이 원래 알코올과 몹시 친해 거의 매일 술을 마시는 남편이라, 저녁은 식사가 아닌 안주 위주로 매일 밤 술 종류를 바꿔가며 마신다. 그 덕분에 탄이와 야간 산책길이 강아지보다 화장실을 자주 가는 놀라운 능력을 보이기도 한다. 그리고 아침식사 준비를 이미 하고 있는데도 혼자 다이어트를 하겠다고 방탄커피를 마시는 나를 보면 김 여사도 울화통이 터질 만도 한데 별다른 말도 없이 있는 것을 보면 다행이다 싶다.

한 번은 그런 일이 있었다. 혼자 저 멀리에서 술을 마음껏 퍼 마시고 있을 때였다. 김 여사께서 카페에 쓸 청을 담그려고 레몬을 손질하다가 그만 채칼에 손가락을 다치고 말았다. 피는 철철 나고, 손가락은 욱신욱신 아프고 부랴부랴 나한테 빨리 오라고 전화했다. 그러나 이미 술자리에서 만취한 나.

"뭐라고? 손을 다쳤어? 약 발라."

전화를 끊었다. 김 여사는 울면서 혼자 소독하고 붕대를 감고 옆에서 짖어대는 탄이를 달래고 저녁을 먹인 후 산책까지 나갔다. 다음날 새벽 만취해서 집에 왔고, 옆동네 부부가 와서 다친 손을 다시 소독하고 붕대를 감아주고, 난장판이 된 주방을 정리해주고 갔다고 한다. 응급실을 가자고 권유했으나 김 여사는 극구 사양했다. 그 상처는 아직도 손가락에 남아 본인 피부가 아닌 것 같다고 한다.

그뿐인가. 한 번은 집에서 술 마시다가 걸려오는 전화를 받기 싫다며 핸드폰을 창밖으로 던져버린 적이 있다. 그러고선 한동안 핸드폰 없이 살았는데, 전화를 받지 않아도 되는 나야 아무런 문제가 없었지만 술 취해서 집에 올 때마다 택시비를 가지고 나오라는 택시기사님의 전화를 받아야 했던 김 여사는 죽을 맛이었던 게 분명하다. 그 정도로 나는 몹쓸 남편이었다.

몹쓸 남편의 짓거리는 더 있다. 서울에서 헤이리로 들어오는 버스는 광역버스 한 대뿐이다. 다행히도 나 같은 술꾼 늦지 않게 집에 가라고 자정까지는 버스가 다니는데, 문제는 취해서 막차를 탔을 때다.

취하면 우선 화장실을 가야 하는 중차대한 문제가 있고, 이 문제는 개인적으로 매우 잘 해결하는 편이다. 두 번째 문제는 버스에 무엇을 두고 내린다는 데 있다. 주로 핸드폰이나 전자담배를 두고 내리는데(지금은 전자담배를 끊고 연초로 갈아탔다), 분실물을 찾기 위해 자정 넘어 김 여사께서 버스 종점을 세 번이나 다녀온 데 있다. 그것도 한 번은 만취한 나를 태우고, 울부짖는 탄이까지 태우고서였다. 해보신 분들은 잘 알겠지만, 이런 경험은 거의 지옥 캠프를 다녀온 것과 유사하다.

노력이 가상했는지 두 번은 분실물을 잘 찾았고, 한 번은 찾지 못해 매우 낙심한 적이 있는데, 놀랍게도 다음 날 아침 집 소파 틈새에서 발견한 적이 있다. 더 놀라운 일은 틈새에 낀 전자담배를 찾기 전에 새로운 전자담배를 주문했다는 데 있다.

사람 아이를 키우지 않아 아이를 키운다는 게 어떤 건지 알지는 못하지만, 어린아이만큼이나 거대한 강아지 한 마리와 함께 살다 보니 저녁과 아침 산책을 꼬박꼬박 해야 하는 우리로서는 그 시간만은 하루 이야기, 부모 이야기. 친구 이야기를 나눌 수 있고, 그 시간만큼 걸을 수 있어서 다행이다.

"나 먼저 죽으면 잔소리할 사람 없어서 어떻게 할래?"

"같이 따라 죽지 뭐."

진담인지 농담인지 이렇게 말하는 것을 보면, 내심 기

분이 좋은 것은 사실이지만. 몹시 겁 많고 본인 아픈 것에 진심인 스타일이라 그럴 가능성은 전혀 없다고 봐도 무방하겠다.

그러나 역시 부부는 부부. 마무리는 화목하게. 함께 살아줘서 고마워. 이제 술, 담배 줄이고 시키는 것 잘 하고, 잔소리해도 귀담아들을게. 사랑해. 뚱땡이 김 여사!

망할 것 같지만
괜찮은 출판사

2023년 봄이었다. 이 글을 쓰는 시점에서 약 1년 전일 것이다. 날이 풀려 뭐 할까 하다가 동네 식당에 낮술을 하러 나갔다. 동네 형들 둘과 함께였다. 막걸리가 한두 병 돌았을 때, 전화가 한 통 왔다. 일반 전화가 아닌, 카카오 보이스톡이었다. 카카오 전화는 주로 번호가 서로에게 없을 때 사용한다. 전화하신 분은 대학교 선배이자 교수이신 김모 교수님이었다.

'교수님이? 갑자기? 무슨 일이지?'

약간 취기가 도는 시간에 담배를 한 대 피워 물면서 전화를 받았다. 안부 인사가 오고 가고, 교수님이 제안을 하나 하셨다.

"재단에서 출간지원비를 조금 받은 게 있는데, 마침 준비된 원고가 있어 책을 내야 하는데, 나와 함께 해보겠어요?"

'출판 제안이!'

내게도 이런 기회가 생기는구나 싶었다. 이렇게 해서 나온 책이 2023년 5월에 출간한 《종교 너머 도시》다. 이슬람 도시 14곳을 다룬 책인데, 베개로 써도 충분할 만큼 두꺼운 책이다. 책값만 32,000원이다.

　교정과 윤문을 하고 본문에 소제목도 달고 구성을 조금 바꾸고 표지는 이슬람 냄새가 물씬 나도록 아랍에미리트에 있는 '그랜드 모스크'를 그림으로 표현하자고 했다. 동네 그림작가님께 표지를 부탁하고 최종적으로 색을 정하고 책이 나왔다. 책을 중동, 이슬람 관련된 곳에 모두 보냈다. 도시가 포함된 국가의 주한 대사관부터 이슬람 단체, 조직, 대학교, 심지어 이슬람 사원 지부까지 보냈다. 혹시나 해서 언론사에도 보낸 것은 말할 것도 없다.

　그러던 어느 날, 지방 신문 인터넷에 책 기사가 떴다. 그러더니 그다음 날부터 중앙 일간지, 지방지에서 계속 기사가 나오기 시작했다. 놀라운 일이었다.

　가벼운 흥분에 젖어 있던 월요일 아침, 부스스한 얼굴로 TV를 보던 중이었다. KBS〈뉴스광장〉은 월요일 오전 6시 40분부터 신간 도서를 소개한다. 2~3분 동안 몇 권을 소개하는 코너인데, 방송 중에 낯익은 책 표지가 보였다.

'엇? 저 책! 어어······.'

그렇다. 《종교 너머 도시》가 방송에 나왔다. 표지와 함께 약 30~40초 소개된 것 같은데, 내게는 20분 이상 나온 것처럼 느껴졌다. 놀라운 일이었다. 정신 차릴 틈도 없이 영상을 찍었다. 그날 역사 부문 720위를 하던 책은 다음날 137위까지 올라갔다. 역시 방송은 무서운 매체였다.

이후 그 책은 국내 모든 공중파에 소개되었다. 이런 경우는 처음이었다.

'이런 일이 생길 수 있구나.'

이 책으로 나는 교수님을 모시고 지방대 강연회도 가보고, 심지어 2024년에는 아랍에미리트까지 방문하는 기회를 누렸다. 현지에서 이슬람 강연을 해보자는 제안을 받아 추진한 일이었다. 책 하나로 두바이, 아부다비까지 비행기를 타고 가서 현지인들에게 강연하고 교민을 대상으로 강연한다는 것은 기적에 가깝다. 물론 현지에서 물심양면 수고해주신 분들이 계셔서 가능한 일이다. 그러나 그 책이 없었다면, 그 책으로 주변에 소개하지 않았다면 이런 일은 없었을 것이다.

그 덕분에 나는 와인을 마음껏 마시면서 취해 다녔고, 주재원 생활 이후 처음으로 두바이 지인들과 묵은 회포를 풀고 돌아올 수 있었다.

그렇다고 이 책이 몇십만 부까지 팔린 것은 아니다. 천 부 정도 팔았다. 그래도 이슬람 관련 책으로 이 정도이면 나쁘지 않다고 할 만하다. 흔히 말하는 BEP는 넘기고, 책 덕분에 대학 강연에, 외국까지 다녀올 기회를 가진 것만으로도 충분하다. 그리고 사실 이 책으로 사우디아라비아 대사님 만난 것까지 하면 얻은 것은 100배는 된다 할 것이다.

출판은 그런 것이다. 책으로 세상을 만나는 일이다. 그리고 그 책으로 수익도 낼 수 있고, 세상살이의 다양

함을 맛볼 수도 있다. 이후 중동 이슬람 관련해 많은 분이 출판사에 관심을 가져주셨다. 아랍어과 교수님들과 이어져 이슬람 관련 책을 세 권이나 출간했다. 인연이 고구마 줄기처럼 계속해서 이어졌다. 처음 줄기는 매우 연하고 끊어질 것처럼 보였지만 그 줄기를 잘 찾아가면 그다음 줄기가 나오고, 그 줄기 이후에 또 다른 줄기가 이어졌다.

처음 출판사를 차린 계기는 매우 단순하다. 첫 책《대기업 때려치우고 동네 북카페 차렸습니다》를 출판했을 때, 인세 8%를 받는 조건이었다. 물론 출간 후 4년이 지났지만 지금도 분기마다 인세가 나오기는 한다. 3만 원 정도 나온다. '고작 그것'이라고 할 수도 있다. 그러나 3만 원은 결코 적은 돈이 아니다. 혼자 스스로 세상을 다니면서 벌어다 주는 돈이다. 분기마다 마음 편하게 치킨을 사 먹을 수 있다는 뜻이기도 하다.

그러나 책 인세는 조금 약하다는 느낌이었다. 3만 원

이 30만 원이었으면 좋겠고, 300만 원이면 더욱 좋겠다는 생각이다. 그러기 위해서는 내가 출판하면 되겠다고 생각했다. 비용은 들겠지만, 나머지 수익을 내가 가져간다는 구조, 제조부터 유통 판매까지 직접 다하는 구조, 그리고 그 책을 내 책방에서도 판매하는 것이다. 흥미롭지 않은가? 이런 구조 3, 4개만 있으면 먹고살 걱정은 하지 않아도 되겠다.

물론 출판이 말만큼 쉬운 일은 아니다. 우선 비용적인 측면에서 나처럼 1인 출판일 경우, 편집, 디자인, 표지 및 인쇄까지 모두 외주를 줘야 하는데 그 비용이 만만치 않다. 모든 물가가 올랐기 때문이다. 한 권 출간해서 이익을 남기기 위해서는 생각보다 많이 팔아야 한다. 그래야 남는다. 남지 않으면 어떡하냐고? 그다음 책을 내면 된다. 중요한 건 계속한다는 것이지. 안 된다고 접는 것이 아니기 때문이다.

올해 아마존에도 도전장을 내밀 생각이다. 국내 출판 시장이 너무 작다고 느껴서이고, 내가 원래 출신이 해외

영업이 아닌가 말이다. 내 책을 국내에서만 팔 필요도 없다. 더 넓은 세상에서 더 많은 독자를 만날 수도 있지 않은가 말이다. 이미 번역도 의뢰했다. 올해 하반기에는 아마존에서 내 책을 만날 수 있기를 바란다. 이제 외국 사람들에게도 먹히는 작가가 되기 위해서, 외국에도 출판하는 출판사가 되기 위해서 나는 오늘도 노트북 앞에서 작업한다.

행복이라는 건 별것 없다. 건강하게 오랫동안 열심히 돈을 버는 일이다. 그리고 돈 버는 시간을 조금 쪼개서 삶을 즐기는 식도락 여행을 떠나는 일이다. 나는 그 일을 출판과 함께하는 중이다.

여행도 적절한

시기가 있다

"잠시 후에 이 비행기는 이륙하겠습니다."

언제부터인가 이 말은 두려움을 증폭시켰다. 분명 20, 30대까지만 해도 흥분되고 즐거운 여행의 시작을 알리는 말이었음에도 그렇다. 심지어 두바이 주재원으로 일할 때, 12월 25일에 남아프리카공화국을 갈 일이 있었는데, 그 비행기에서는 "This is Captain speaking, ah~ weather is very good about 22 and 어쩌고저쩌고 enjoy flight and Merry Christmas!"라고 했을 때는 비행기 안 승객 모두가 환호성을 지른 적도 있었다.

그런데 역시나 나이가 든다는 것은 해외여행의 즐거움이나 흥분보다는 내 몸을 통제하기 어려운 상황에서는 무자비하게 무기력해진다는 것을 인정해야 했다. 일전에 김포공항에서 여수를 간 적이 있는데, 비행기가 바람에 요동칠 때 '이제 이번 생을 비행기에서 마감하는구나.' 하며 공포에 절어 있을 때, 옆자리 젊은 커플이 코를 골고 자는 걸 보고 기겁한 적이 있을 정도다.

심지어 이 비행기는 잠시 흔들리겠다고 너무나 자연스

럽게 말하는 안내방송을 들으면 잠시 기절했다가 비행기가 안전하게 도착한 후 일어나고 싶을 정도다. 흔들리는 비행기에서 음식을 대접하는 승무원들을 보면, 도대체 이 직업은 왜 선택했는지 내리면 꼭 물어보고 싶었으나 그러지 못하고 있다.

그뿐인가? 처음 가본 어느 외국 도시라고 해도 여기가 당최 우리나라와 언어와 통화가 다를 뿐 뭐 하려고 여기까지 비행기 타고 온 건지 헷갈릴 때가 있다. 물론 색다른 문화와 풍경, 사람들의 이모저모는 잠시 흥미를 이끌기에는 충분하지만 굳이 내가 직접 경험까지는 하고 싶지는 않은 것이다.

삿포로에 갔을 때 일이다. 삿포로 시내에 '삿포로TV탑'이라는 꽤 유명한 전망대를 겸하는 송신탑이 있는데, 무려 9천 원이나 주고 전망대에 올랐다가 기함을 한 적이 있다. 사방이 훤히 내려다보이는 엘리베이터에서 발이 얼어붙고 손에서 땀이 나서 눈을 꼭 감고 탄 기억이 있다. 엘리베이터는 어찌나 느리게 가던지. 전망대는 또 어찌나 작고 좁아터졌는지, 저 멀리 아래 땅바닥이 그렇게 그리운 적이 없을 정도다. 올라가자마자 바로 내려온 것은 두말할 것도 없고, 내려가는 엘리베이터 내내 눈을 감고 코로 숨을 천천히 들이마시며 호흡에 집중한 적도 있을 정도다.

언젠가 이집트 피라미드에 갔을 때는 꽤 돈을 들여 피라미드의 내부에 들어가는 기회가 있었는데, 작은 굴속으로 몸을 구부리고 들어가려는 순간 숨이 막히고 답답해서 이게 바로 공황장애인가 싶을 정도로 무서워서 결국 포기하고 뒤로 기어 나올 수밖에 없었다. 폐소공포증이 내게도 있는 건 아닌가 싶을 정도다. 아마 젊을 때는 없었다가 나이가 들어 생긴 것이 틀림없다.

멕시코에서 경찰이 겨눈 총을 본 적도 있고, 아프리카 가나에서는 와인을 마시고 취해서 달리는 차에서 뛰어내려보기도 한 과감한 젊은 시절은 끝났다. 나는 이제 50이고 지게차 운전 면허증도 있지만, 지게차로 먹고살고 싶지 않은 나이가 된 것이다. 겁이 많아지고, 사람이 무섭고, 인간관계가 녹록하지 않음을 느낀다. 어제 만난 친구가 내일도 친구이지 않다는 것을 알게 되었다. 친구 뿐인가, 원수가 되는 경우도 부지기수다.

삿포로 맥주축제를 가자고 했을 때, 김 여사께서 이런 말을 했다.

"여기서도 하고많은 날 퍼마시면서 굳이 일본까지 가서 퍼마시려는 이유를 모르겠다."

매우 응당하고 당연한 말이지만, 나는 자랑할 만한 사람도 없기는 하지만 굳이 누군가에게 맥주 축제를 다녀왔다고 자랑이라는 걸 하고 싶었고, 모처럼 다른 공기와 다른 분위기에서 지내고 오면 무엇이라도 바뀔 수 있을 거라고 믿었다.

어느 정도는 맞았고, 어느 정도는 틀렸다. 틀린 부분은 여행은 반드시 돈이 필요한 일이고, 외국에 있으면 생각보다 씀씀이가 커져 지출이 매우 많아진다는 것도 어쩔 수 없는 일이다. 그럼에도 불구하고 내게 하나의

경험이 생겼다는 것, 여행 총경비인 약 300만 원어치 값
어치를 한다고 믿고 싶을 뿐이다.

　세계 3대 맥주축제가 있다고 한다. 혹자들은 뮌헨, 삿
포로, 칭다오라고 하기도 하고, 인도인들은 킹피셔가 반
드시 포함되어야 한다고도 하고(인도 맥주축제가 있는
지는 모르겠다), 미국이라고 말하는 사람도 많다. 3대든
4대든 나는 뮌헨과 삿포로는 다녀왔으니 이제 맥주축제
두 군데는 도장을 찍었고, 칭다오든 미국이든 인도든 축
제가 있을 때 한 번 더 가보고 싶기는 하다.
　흥미로운 사실은 정작 이런 술 축제에서 만취하거나
취해서 휘청거리는 사람이 거의 없다는 것이고, 다들 적
당하게 즐기고 예의를 갖추고 상대방과 다른 사람을 배
려하는 모임과 흥겨움으로 마무리한다는 것이다. 심지
어 독일 축제도 토하는 사람은 보았어도 만취해서 실수
하는 사람은 본 적이 없다. 나만 보지 못한 것은 아닌지
도 모르지만.

삿포로는 삿포로만의 맥주 축제를 한다. 지방 도시의 흥밋거리를 전 세계적으로 한다는 것만으로도 얼마나 천재적인가. 심지어 저녁 9시에 문을 닫는다. 맥주 축제인데도 그렇다. 저녁 9시라니. 우리나라였으면 아마 인터넷이 난리 났을 것이다. 뉴스에도 나왔으리라고 내 왼손 모가지를 걸 수도 있다.

주로 이런 기사일 것이다.

"진정 누구를 위한 축제인가? 관공서 위주의 축제? 밤 9시에 문 닫아."

"맥주축제 시간은 누가 정하나? 저녁 9시 종료에 시민들 불평 곳곳에서 터져."

재미있는 나라다. 그래서 이렇게 흥미진진할 수 있는지도 모르겠다. 이것이 나라를 일으키는 원동력이 되는 건지도.

돌아오는 비행기에서는 아예 비행기가 요동쳐 내 앞자리 젊은 친구가 술잔을 들고 위아래로 흔드는 것을 보았다. 놀라운 것은 나 빼고 모두 다 평온했다는 것이고, 그

술잔을 위아래로 흔들던 어떤 남자는 심지어 웃고 있었다. "오~ 오~" 이러면서.

인천공항에 착륙하면서 비행기 창밖으로 인천 바다가 보이면서 잠시 안도했다. 그리고 무사히 착륙했을 때, 두 번 다시 비행기는 타지 말아야겠다고 다짐했다. 그리고 높은 곳은 올라가지 말아야겠다고 다짐한다. 우리 집이 5층이라 얼마나 다행인지 모른다. 이제는 10층 이상도 올라가지 말아야겠다고 생각한다. 그러면서 집으로 오는 길에 역시 집이 최고구나, 여행은 무슨 여행이야, 김치가 가장 생각나네, 라면과 부대찌개도. 얼른 가서 먹어야겠다.

나도 모르게 액셀을 밟는 힘이 강해진다. 어서 집으로, 집으로.

자전거
VS
킥보드

DMZ 평화동행해설사 과정 중에 있었던 일을 소개한다. DMZ 근처까지 현장 실습을 가야 하는데 차량 이동은 어렵고, 두 종류의 탈 것을 고를 수 있었다. 하나는 자전거, 또 하나는 킥보드였다. 지금까지 킥보드는 한 번도 타보지 않아 자전거를 골랐다. 안 하던 짓 하다가 다칠까 우려스러웠기 때문이다. 솔직히 새로운 걸 배우기 꺼려졌다.

　정해진 루트로 일행들이 다 같이 출발하면서 묘한 것을 느꼈다. 출발은 다들 비슷하다. 페달을 열심히 밟으면 앞설 수도 있고, 천천히 가면 킥보드가 앞섰다. 안정적이고 힘도 들지 않는다. 선두 그룹이 킥보드로 인솔자를 따라 나간다. 자전거 일행은 페달을 부지런히 밟아야 한다.

　그러나 어디 길이 평지만 있는가. 내리막이 시작되었을 때, 놀라운 광경이 펼쳐졌다. 일제히 자전거가 앞서 나갔다. 쉬~잉 자전거는 신나게 경적을 울리면서 킥보드를 제쳐나갔다. 이제서야 킥보드 인원들은 자전거를 부러워하기 시작했고, 자전거 일행은 저만큼 앞서 나갔다. 킥보드 인원들은 대부분 '아, 자전거 탈걸' 이라고 생각했다. 자전거 일행은 '역시 자전거였어' 하며 매우 뿌듯해했다.

자전거 일행이 매우 흐뭇해할 무렵 놀랍게도 오르막이 나타났다. 신났던 자전거 부대는 자전거에서 일어나서 페달을 밟거나 있는 힘껏 페달을 밟아 오르막을 오르는데, 이번에는 킥보드 일행이 우르르 자전거를 지나갔다. 자전거 일행을 가소롭다는 듯이 웃어주면서 휙~ 하고 지나갔다.

이런 거구나. 우리가 가는 길은 평지만 있지 않다. 내리막도 있고 오르막도 있다. 자전거에 기어가 없을 수도 있고 킥보드가 방전될 수도 있다. 하염없이 걷기만 해야 할 수도 있다. 책방 운영도 그렇다. 어떤 때는 평지에서 킥보드 타듯 모든 게 순조롭다. 마치 이 세상에 아무 일도 일어나지 않을 것 같은 세상이 온다. 그러나 어느 정도 시간이 지나면 오르막이 나오거나 내리막길이 나온다. 자전거라면 더 좋은 세상을 만났다면서 신나게 내쳐 달릴 것이다. 그러나 반드시 오르막은 나온다. 킥보드는 안 그럴까. 실제로 그날 처음 킥보드를 경험하신 한 분은 급정거로 인해 다리를 다치는 가벼운 사고가 있었다.

책방을 하면서 갑작스럽게 책방을 중단해야 할 사태도 발생한다. 갑자기 배터리가 방전되거나 원인을 알 수 없는 작동 정지가 올 수도 있다. 자전거 체인이 나가떨어지거나 내가 탄 자전거가 불량이었을 수도 있다. 그 긴 거리를 걸어야만 할 수도 있다. 중요한 건 어느 길이든 마음을 먹은 이상 계속 걸어야 한다는 것이다. 늦든 빠르든 계속 걷다 보면 목적지에 다다르게 된다. 물론 그 목적지는 끝이 아니다. 그다음의 목적지, 또 그다음의 목적지가 있다. 우리는 그렇게 계속 나아가야 한다.

너무 힘들게 걷고 있는데, 매우 좋은 자전거를 탄 강력한 무장의 라이더가 지나갈 수도 있다. 휙~ 초고속 비행기처럼 지나갈 수도 있고, 그 정도 급의 킥보드를 타고 쌩 하면서 지나칠 수도 있다. 하염없이 걷고 있는

나 자신이 무기력해지고 포기할까 생각이 들겠지만 그럴 필요 없다.

우리는 매우 다양한 세대와 겹쳐서 살고 있다. 우리 아버지 세대(1930~1950년대 태어난 세대)는 옛날 쌀집 자전거 세대이지 않을까? 기어도 없고 무겁고 둔탁한 자전거를 타고 다녀야 했다. 자식들이 생기면 뒷자리에 태우고, 앞에 태우고, 심지어 목에 태우고서라도 자전거를 끌어야만 했다, 다른 걸 돌볼 틈이 없었다. 다행히도 자전거로 짐을 나를 기회가 많았고, 열심히 하다 보면 자전거도 고치고 조금 더 좋은 자전거로 바꿀 기회가 많았다. 자전거는 본인의 동력 이외에 다른 동력이 필요하지 않다. 그저 나만 열심히 해도 살 수 있었다.

우리 형님들과 누나들 세대(1960~1970년대 태어난 세대)는 자전거에 기어도 달리고, 자전거가 날씬해졌다. 훨씬 잘 나갔고, 몹시 빨랐다. 아이들도 많지 않아 훨씬 수월했다, 자전거에 불도 달고, 경적도 달고, 앞으로만 신나게 나아가면 되었다.

그러나 젊은 친구들은 킥보드를 탄다. 힘이 들지 않는다. 그냥 균형만 잘 잡으면 된다. 누르면 가고, 멈추면 선다. 속도도 만만치 않다. 평지나 오르막이나 거침없다. 단지 돈이 든다. 킥보드는 돈을 내야만 탈 수 있다. 돈이 없으면 애당초 탑승이 불가능하다. 엄마 아빠가 대부분 비용을 대고 킥보드를 타다가 돈이 떨어지면 자전거로 갈아타는 게 아니라 그냥 주저앉는다. 걸어야 하는데 너무 고되고 힘들게 느껴져서다.

그런 부분에서 어른들이 젊은 친구들에게 너무 나태한 것 아니냐고 한다. 게으르다고, 우리 때는 그러지 않았다고 한다. 그 젊은 친구들이 틀린 게 아니라 탈 것이 다른 것이다. 처음부터 탈 것이 달랐다. 그러나 정작 자전거를 물려줘야 할 어른들은 나 몰라라 했고, 자연스럽게 킥보드로 대체가 되었다. 여전히 어른들은 자전거를 타면서 "니들은 왜 자전거 타지 않느냐?"고 나무란다.

그들이 다시 킥보드에 올라 앞으로 나갈 수 있도록 충전해주거나 앉아 있는 그들에게 음료수를 하나 사주고 지나가는 게 가장 좋다. 잔소리는 가장 불필요한 일이다. 그들이 앉아 있고 싶어 그러고 있겠는가 말이다.

책방에 왈가왈부하는 사람이 많다. 가장 많이 하는 이야기는 "그게 돈이 되는가?"인데. 놀라운 건 그런 말을 하는 사람치고 정작 무엇을 하는 사람이 없다. 책방은 우리가 삶을 사는 데 돈벌이뿐만 아니라 그것으로 인한 인생을 완성하는 하나의 도구다. 그 도구로 돈을 아주 많이 벌든지 조금 벌든지 그것으로 꾸준하게 나아가는 게 중요하다는 이야기다. 책방으로 먹고살 수 있다. 책방이라서가 아니라, 책방이라는 걸 하기 위해서는 우리가 열심히 걷든지 자전거를 타든지 킥보드를 타고 부지런히 앞으로 나아가는 일이다. 중요한 포인트는 거기에 있다.

우리 일행이 모두 목적지에 도착했을 때, 놀랍게도 도착 시각에 차이는 있었을지언정 자전거는 가지런히 주차되었고, 킥보드는 그 옆으로 나란히 열을 세워서 자리를 잡았다. 우리는 다 같이 저 너머 DMZ를 바라보면 북

(北)에 대해 생각했고, 나는 멍하니 주차된 자전거와 킥보드를 바라보고 있었다.

당신이라면 어떤 것을 타겠는가? 무엇을 타든지 중요하지 않다. 어떤 것을 타든 계속 간다는 마음이 중요하니까. 함께 가자. 그렇게 앞으로. 꾸준하게.

Book Cafe?

북(北)카페?

여기 파주, 그중에서도 헤이리는 북과 매우 가깝다. 어느 정도냐면 직선거리로 3킬로미터가 넘지 않는다. 맞은편 북한 땅 행정구역이 개성군 임한리다. 임진강과 한강이 만나는 곳이라 '임한리' 다. 헤이리 오는 자유로에서 헤이리로 접어들기 전에 좌측으로 보이는 임진강 너머가 북한이라는 이야기다. 매의 눈으로 보면 북한 사람들이 보인다. 놀라운 곳이다.

더 놀라운 사실이 있다. 원래 휴전선은 강에는 표식이 없다. 땅에만 있다. 여기서 표식이라고 한 이유는 실제 휴전선은 철책선이 아니기 때문이다. 철책선이라는 곳은 휴전선이라고 정한 표식에서 북으로 2킬로미터, 남으로 2킬로미터 우리가 말하는 비무장지대, DMZ라는 곳에 있다. 남쪽으로는 그 DMZ 아래로 민간인 통제구역(민통선이라고 부르는 그곳)에도 철책을 친다.

북쪽은 북방한계선 위로 민통선이 있을까? 없다. 철책도 없다. 민간인이 산다. 농사도 짓고 생업을 한다. 좀 이상하다. 철책의 개념이 북으로부터의 위험을 방지하기 위함인 것 같은데 왜 우리는 겹겹으로 철책을 쳐서 사람을 막을까? 남쪽을 방어한다는 이유일까?

파주 파평면에 가면 리비교라는 다리가 있다. 민간인 지역에서 민통선으로 들어가는 길목에 있는 다리인데, 이 다리는 관광의 목적으로 주변을 관광지로 조성한다고 표지판이 서 있다. 그런데 놀랍게도 다리 남쪽에 군대 검문소가 있다. 그리고 공원으로 조성된 곳에서 사진을 찍으려고 하면 군인들이 우르르 나와서 무전기를 들고 사진 찍는 것을 막고 사람들을 통제한다.

이상하다. 관광지인데? 간판도 있고 관광공원이라고 조성도 되어 있다. 전망대도 있다. 그런데 왜 사진은 못 찍게 하고 인원을 통제하는 걸까? 민간인 지역에서 민통선으로 들어가는 길은 민간인 지역이다. 민간인 지역에 군대 검문소를 두고, 우리나라 사람을 감시한다. 이상하다. 왜 그럴까? 누가 누구를 지키는 걸까? 무엇을 위한 경비이고 검문인가?

DMZ 철책선은 1968년 전후 세워지기 시작했다. 1953년에 한국전쟁 정전협정을 했고, 무려 15년여 동안 아무런 제재가 없었다. 물론 북한군이 넘어오기도 했고, 그 유명한 김신조 일당이 넘어오기도 했다. 김신조 일당이 넘어왔다가 일망타진한 해가 1968년이기도 하다. 김신조 때문에 철책을 한 것도 아니다. 그전부터 철책은 세워지기 시작했다.

이런 생각이 든다. 형제가 있었다. 어떤 사연으로 다른 부모 밑에서 오랫동안 살았다. 그 부모는 각자 상황도 다르고, 사는 동네도 달랐고, 종교도 달랐고, 생각하는 것도 달랐다. 부모들은 그 형제에게 부모의 생각과 환경을 강요했고, 신념과 모든 것을 받아들이도록 종용했다. 그렇게 세월이 지났다. 근 70년 가까이 시간이 지난 후에 그 형제는 과연 형제라고 할 수 있을까? 함께 살 수 있을까? 불가능에 가깝다. 피를 나눈 형제인 건 것은 맞지만 살아온 세월이 다르고, 그 환경이 달랐다면 형제라는 것만 인지하고 따로 사는 게 좋다. 누가 누구를 바꾼단 말인가? 자식들도 내 마음대로 안 되는데.

북에서 보낸다는 풍선이 시끄럽다. 왜 보냈을까? 도대체 북한은 왜 풍선을 보낼까? 돈도 없다면서. 먹고살기도 힘들다면서. 생각해본 적이 있는가? 우리 집 마당에 전단지가 날아들었다고 해보자. 그 안에는 우리 부모를 욕하고, 옆집이 아주 잘 사니 옆집으로 오라는 메시지가 담겨 있다. 그럼 우리 집에서는 '아 그렇구나. 옆집이 잘 사니 옆집으로 가야겠다.' 이렇게 생각할까? 아니면 '이런 것은 왜 보내는 건가? 우리 집 마당에 전단지 살포는 냉백히 권리를 침해하는 일인데' 라고 생각할까? 무슨 권리로 우리의 삶을 평가하고 재단해서 원하지 않는 짓을 하는 것인가.

나는 정치를 모른다. 북에 대해서도 모른다. 아는 바가 없지만, 남의 권리를 침해하고 내 생각을 강요하는 것만큼 어리석은 일도 없다. 어떠한 말을 가져다 붙여도 그건 권리침해다. 잘못하는 일이다. 더구나 대한민국은 정전국가다. 휴전 국가가 아니라 전쟁 중이라는 뜻이다. 전쟁 중에는 미사일이나 드론으로 물리적으로 타격을 가하는 경우도 있겠지만, 심리전으로 상대방을 교란하거나 마음을 뒤집어 놓을 수도 있겠다. 명백히 정전협정 위반이다. 전쟁을 원하는가? 원하지 않는다면 아무것도 하지 말아야 한다. 도움을 청하기 전에는 아무것도 하지 말아야 한다.

정치의 '정' 자도 모르지만, 과연 우리 정치인들이 통일을 원하고 있을까? 어떤 문제의 결과를 원하기 위해서는 그 결과를 통해 내게 떨어지는 이득을 생각해야 한다. 통일로 인해 이득을 보는 정치인이 있을까? 오히려 위기를 조장하고 그 위기감을 통해 무엇을 얻으려고 하는 것은 아닐까?

우리는 어릴 때부터 '우리의 소원은 통일'이라고 노래를 불렀다. 우리의 소원은 통일인가? 진짜? 북한 사람이 무섭지는 않고? 북한이라는 곳에 대해서 아는 건 있고? 우리에게는 북한에 대한 정보는 아무것도 없다. 아마 우리가 아는 정보는 대부분 매스컴에서 조작 혹은 가공한 정보에 지나지 않는다. 매우 안쓰럽다. 정보를 조작하고 가공해서 그들이 얻을 것이 있다는 이야기다.

2000년대 초반에는 금강산이나 개성공단에 출입하는 한국인이 많았다. 그들에게 이야기를 들어보면 우리가 얼마나 많은 정보를 왜곡하고 있었는지 알 수 있다. 그도 아니라면 북향민과 인연이 닿는다면 실제 이야기를 들어봐도 좋겠다. 방송에 나오는 북향민의 이야기가 모두 진실일까? 글쎄다. 그 방송에서 원하는 게 북한에 대한 진실일지, 방송 시청률을 올려 광고를 더 따오는 것인지 생각해보면 확실하게 알 수 있겠다.

다들 모르시겠지만 이제야 북한은 헤이리 너머 자기네 산등성이에 철책을 치고 있다. 여기서 보인다. 나무를 걷어내고 붉은 흙이 보여서 하는 말이다. 그곳에 철책을 치고 있다. 정전 후 70년이 지난 이제야 그렇다. 북한이? 갑자기? 생각해볼 일이다.

경기도 민통선 인근 접경 지역은 풍광과 경치가 빼어난 곳이 너무나 많다. 우리 국민의 땅이다. 북쪽과도 한

참 멀다. 민통선이라는 이유로 통제해서 못 가봐서 그렇다. 자연이 그대로 남아 있고 공기 좋고, 임진강을 훤히 내다볼 수 있는 곳이 한가득하다. 우리 땅을 우리 국민이 누릴 수 있게 해줘야 한다. 왜 못 들어가게 하는가? 왜 우리나라 군인들이 대한민국 국민을 감시하는가? 북으로 넘어갈까 봐? 넘어가면 법으로 처리하면 된다. 우리나라 여권으로는 북한을 가지 못한다. 여권법 위반으로 처리하면 된다. 국가보안법도 있겠다. 좋은 법 두고 왜 이 좋은 곳을 묶어두고 가리고 철책으로 망치는지 모르겠다.

홍대 앞에 가보면 엄청나게 많은 외국인을 만날 수 있다. 홍대 앞뿐인가? 종로통이나 이태원, 심지어 강남까지 외국인들이 엄청나다. 그들은 우리나라의 문화와 한류뿐만 아니라 우리나라 정세에 대해서도 관심도 많다. 전 세계에 유일한 정전국가이기 때문이다. 그들이 직접 보고 느끼게 해줘야 한다. 그리고 실상을 알아야 한다. 가려지고 감춰진 내용 말고, 진짜배기 내용과 그 내용을 토대로 각자가 판단할 수 있게 해야 한다.

시대가 어느 때인가? 손 따위로 태양을 가리지 말고, 똑똑한 대한민국 국민이 알아서 판단하고 스스로 대화를 통해 진실에 다가갈 수 있도록 해줘야 한다. 그걸 막는다는 것 자체가 무엇인가가 두렵기 때문일 수도 있다.

여기는 Book Cafe이기도 하지만, 북(北)카페이기도 하다. 대한민국에서 이 정도 북한과 가까운 곳은 없다. 나는 오늘도 북(北)카페에서 조용히 책을 읽는 중이다.

그래서
이렇게
살 겁니다

빈 종이를 꺼내 뭐든 적는 걸 좋아한다. 이건 시간 날 때 한 번씩 해보면 좋다. 다이소에서 스케치북을 산다. 아니면 이면지도 좋다. 빈 종이 위에 우선 큰 동그라미를 그린다. 그리고 그 동그라미를 분할한다. 사과를 위에서 보면서 쪼갠다고 생각하면 된다. 그래서 한 면씩 내가 하고 있는 일을 적는다. 나 같은 경우, 한 면은 '책방' 이렇게 적는다. 그리고 그 책방 면에서 파생된 일들을 적는다. '도서관 납품', '책방 오프매장 영업', '동네 책방축제 참가', '플리마켓' 그 정도 적으면 세부적인 일들 아래로 또 가능한 일을 적는다.

처음에 원이 점점 더 커져야 함을 느낄 것이다. 그러면서 이 일은 당장 해야 하고, 저 일은 중장기적으로 해야 하고, 5년 뒤에 가능한 일, 돈이 얼마 정도 필요한지 쭉 적는 것이다.

대충 상상하자면 영화에서 형사가 연쇄살인범 잡기 위해 벽에 여러 사진과 메모를 끈으로 엮어 인과관계를 따지는 표를 만들 듯이 하는 것이다.

이 그림이 단순할수록 삶은 매우 단조롭거나 위태할 경우가 많다. 예를 들어 '회사'라고만 적고 다른 것을 적을 게 없다면, 회사에서 위기가 오면 대안이 없는 것과 같다. 제목도 그럴듯하게 적는 게 좋다. 나 혼자 볼 것이니 누가 볼 걱정은 접고, 과감하고 파격적인 제목을 적어 자주 볼 수 있도록 하자. 나는 제목 자체가 '떼부자 되기 project'다. 기가 막히지 않는가? 제목만 봐도 기분이 좋아진다. 떼부자라니.

더 디테일한 경우라면, 본인이 하는 일로 매출을 추정할 수 있으면 더 좋겠다. 그러면 전체 매출과 이익을 추정할 수 있고, 그 정도까지 작성할 수 있으면 내 미래를 예측할 수 있어서 더욱 동기부여가 된다 하겠다.

나는 이런 식이다.

책방: 납품, 책방잔치, 오프라인 공간, 지원사업.

출판: 신간 출간(내 책 포함), 신간 기획, 출판사 지원사업, 콘텐츠 수출, 아마존 진출.

송출: 라디오 진행, 유튜브 채널 운영, 음원 제작 및

수익 창출.

문화해설사: 민속박물관, DMZ 전문 해설사, 파주 문화유적 답사 해설사.

힐링센터: 요가강사자격증, 장례지도사자격증, 사회복지사, 요양보호사.

마포 삼해주: 양조장 건립, 주주 참여, 전통주 제작 및 영업. 수출 판로 개척.

이 중 앞 세 가지는 현재진행형. 네 번째는 곧 진행할 예정. 나머지는 장기 플랜이다. 이렇게 정리하면 내가 얼마나 많은 일을 해야 하는지 한눈에 들어온다. 잠시라도 놀 시간이 없어 보인다.

그리고 남은 공간에 당장 해야 할 일 아니면 이번 달에 반드시 해야 할 일 이렇게 적는다. 한번 해보시라. 반나절이 금방 간다. 이 표에는 취미나 가족 혹은 인간관계는 적을 필요가 없다. 오로지 나 자신을 위한 내 인생 좌표 같은 것이니 그렇다. 매우 거창하고 예쁘게 할 필요도 없다. 적다가 마음에 들지 않으면 다시 적으면 그만이다. 종이가 더 커야 편하다는 걸 알게 될 것이다.

눈에 잘 띄는 곳에 붙여 두면 효과가 극대화된다. 계속 보게 되고, 보다 보면 내가 지금 이러고 있을 때인가 싶을 수가 있어서 그렇다. 물론 걸어만 두고 게으름을 피우는 것도 괜찮다. 내가 행복하려고 하는 일이기 때문이다.

그렇게 적은 내가 할 일 리스트는 아래와 같다.

2024년 신간 출간: 집필 집중, 9월 내 출간 목표.(아마 이 책은 10월에 출간될 것이다.)

책방 판매용 굿즈 제작: 북 커버 새 버전 출시.

해설사 관련 공부: DMZ 투어 참가, 프로그램 이수할 것. 관련 책 사볼 것.

콘텐츠 수출 관련 해외 전시회 참가.

음원 제작할 것: 녹음실, 가수 찾아보기.

마포 삼해주 주주 참여 후원금 모금.

이렇게 적으면 새벽에 잠이 깨서도 생각이 많아지고 버스를 타면 새로운 구상이 떠오르고 누구와 어떤 일을 하면 좋을지, 이런 일은 누구에게 부탁하면 좋을지 아이디어가 봇물 터지듯이 떠오른다. 그러면 연락하고 스케줄을 잡고 상담을 하거나 이야기를 나눈다. 또 다른 사람과의 대화는 또 다른 아이디어로 발현된다.

놀랍게도 신간 출간은 출간 지원사업과 연결될 수 있을 것이고, 두 번째 리스트는 하반기 책방축제에서 매출에 상당히 기여할 것이며, 해설사는 향후 나이 들어서도 해설사 활동을 하는 데 중요한 몫을 할 것이다. 해외에서 내 콘텐츠가 팔리면 자연스러운 내 또 다른 수입원이 될 것이다. 음원도 마찬가지.

어릴 때 어려운 일도 나이가 들면 쉬워진다. 용기가 필요했던 게 아니라 실행력이 없었을 뿐이라는 느낌이다. 원체 술 좋아하는 나로서는 삼해주 양조장은 아마 내가 가장 좋아하는 일 중의 하나가 될 것이라고 믿어 의심하지 않는다.

올해와 내년이 기대되는 이유는 해야 할 일이 많기 때문이고, 그 일로 돈을 벌 수 있기 때문이며, 그 돈으로 어느 정도의 행복을 보장할 수 있기 때문이다. 우리 강아지가 좋아하는 간식을 사 줄 수 있고, 김 여사님이 좋아하는 치킨을 가끔 먹을 수 있어서다.

나는 이렇게 살 것이다.

그리고 아주 재미있게 살 것이다.

산다는 게 참 재미있다. 아침에 거울을 보니 흰머리가 아예 은색으로 바뀌어 가고 있는 것이 보였다. 뜀뛰기도 힘든 나이가 되었다. 소매치기 하나쯤은 거침없이 뛰어가 잡을 것 같은 젊음은 없어졌지만, 잃어버린 지갑을 멍하니 바라볼 나이가 되었다. 그래도 사는 게 재미있다.

헤이리 예술마을에 봄이 한참일 때 초고를 적기 시작해서 이미 무더위가 한창이다. 벚꽃이 한 겹에서 두 겹으로 피다가, 목련과 개나리 철쭉까지 한데 피어올랐다. 책이 나올 즈음에는 계절이 바뀌어 있을 것이다. 그렇게 시간은 흐르고 삶은 진행된다.

입에 달고 사는 말이 '건강하고 행복하자' 다. 그리고 하나 더. '돈 많이 벌자' 다. 엊그제 동네 선술집에서 먼저 들어가라고 입구를 양보해준 젊은 친구들한테 계란찜 하나를 선물했다. 김 여사는 뭐 하는 짓이냐고, 할아버지냐고 놀려댔지만 나는 그렇게 늙어가고 싶다.

배고픈 군인들에게 국밥 한 끼, 소주 한 병 사줄 줄 아는 아저씨로 늙고 싶다. 좋아하는 친구들에게 생일날 커피 쿠폰 한 장 정도 보내주는 친구로 남고 싶다. 많은 일을 하면서 많은 사람을 만난다. 다행스럽게도 아직 빌런은 경험해보지 않았다. 돌아보니 누군가에게는 내가 빌런이었을 수도 있겠다 싶다.

직업만 많다고 되는 일도 아니다. 나는 내게 주어진 일들과 내가 하고 싶은 일을 하며 돈도 많이 벌고 몸도 챙기고, 그렇게 계절에 피는 꽃들과 좋은 술과 제철 음식에 행복해하면서 서서히 죽어가고 싶다.

누군가가 이 책을 읽고 아주 작은 사소한 한 가지라도 깨닫고 삶에 균열이 일었다면 참 좋겠다. 그것이 내가 글을 쓰는 이유이고, 작가라는 이름으로 부끄럽지 않은 단 한 가지의 방법이다.

입버릇처럼 말하지만, 건강하고 행복합시다. 우리는 그럴 만한 충분한 의미가 있다. 책방의 쓴맛 매운맛 다 느끼면서 살지만 언젠가는 진정한 책방의 신(神)이 되길 바란다.

헤이리에 올해의 첫눈이 오기 전에 이 책이 세상에 나오길 바란다.